आपकी सफलता आपके हाथ

सफलता किसी की बपौती नहीं—आप भी सफल बन सकते हैं

संजीव मनोहर 'साहिल'

पुस्तक महल®

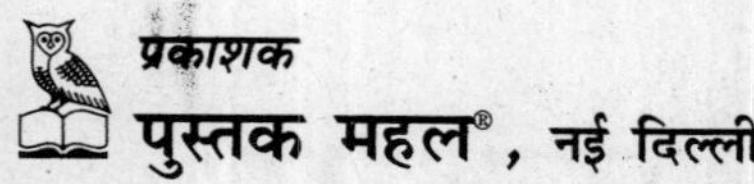

प्रशासनिक कार्यालय एवं विक्रय केन्द्र

J-3/16, दरियागंज, नई दिल्ली-110002
☎ 23276539, 23272783, 23272784 • फैक्स: 011-23260518
E-mail: info@pustakmahal.com • Website: www.pustakmahal.com

शाखाएं
बंगलुरू: ☎ 080-2234025 • टेलीफैक्स: 080-22240209
E-mail: pustakmahalblr@gmail.com
मुंबई: ☎ 022-22010941, 022-22053387
E-mail: unicornbooksmumbai@gmail.com
पटना: ☎ 0612-3294193 • टेलीफैक्स: 0612-2302719
E-mail: rapidexptn@gmail.com

ISBN 978-81-223-0821-1

संस्करण: 2017

मुद्रक: राधा ऑफ़सेट, दिल्ली

पिता श्री मनोहर लाल
एवं
माता श्रीमती सोमवती देवी को
सादर समर्पित

स्वकथन

आज के इस समय में, तेजी से बदलते आर्थिक एवं सामाजिक परिदृश्य में किसी भी व्यक्ति के लिए अपना जीवन सफल बनाना चुनौती के समान हो गया है। सभी क्षेत्रों में प्रतिस्पर्धा बढ़ गई है। पूरा विश्व तेजी से एक बाजार में तब्दील होता जा रहा है। विभिन्न प्रकार की समस्याओं ने लोगों को एक विशाल अजगर की भांति जकड़ लिया है। एकाकीपन मानसिक तनाव और बीमारियां सभी कुछ तो भीतर धंस कर मार कर रही हैं। बस, कुछ नहीं है, तो चैन के दो पल, संतोष की एक सांस और खुशी। ऐसी कठिन परिस्थितियों में सफलता पाना सरल नहीं है, लेकिन आप सफल हो सकते हैं वह कैसे?

मानव की असफलता के दो प्रमुख कारण होते हैं। सामूहिक समस्या के चलते एवं व्यक्तिगत समस्या के चलते।

सामूहिक समस्याओं में प्रमुख हैं, नैतिक मूल्यों का ह्रास, मानव का स्वयं को आत्मकेंद्रित कर लेना एवं प्रतिस्पर्धा में बढ़ोतरी। ये ऐसी समस्याएं हैं, जिनका सामना अधिकांश लोग करते हैं। इसी प्रकार की विभिन्न समस्याओं से मानसिक तनाव का जन्म होता है।

व्यक्तिगत समस्याओं में प्रमुख हैं, आत्मविश्वास का अभाव, दृढ़ इच्छाशक्ति का अभाव, परिस्थितियों के खिलाफ लड़ने के साहस का अभाव।

मानव स्वभाव है कि वह सदैव कामयाब जीवन जीने की इच्छा रखता है एवं जो लोग परिश्रम करते हैं, वे सफल भी होते हैं। निःसंदेह प्रतिस्पर्धा में बढ़ोतरी हुई है, चुनौतियां बढ़ी हैं, लेकिन इंसान होने के कारण आपको इन चुनौतियों से घबराना नहीं है, बल्कि इनसे संघर्ष करना है। जब दूसरे कई लोग सफल

हो जाते हैं, तब आप क्यों नहीं हो सकते? आप में भी तो वही क्षमताएं हैं, वही शक्तियां हैं। हां, आपने उन्हें सुप्त अवस्था में ही रखा है।

सफलता की परिभाषा मानव के चरित्र से प्रारंभ होकर, सामाजिक स्थितियों से गुज़रकर राष्ट्र तक ले जाती है। आपके आत्मविश्वास का विकास करती है, दृढ़ इच्छाशक्ति जाग्रत करती है एवं आपको एक सच्चा इंसान बनने में मदद करती है। सफलता के इस व्यावहारिक विज्ञान को जानने के बाद आप स्वयं को अत्यंत शक्तिशाली महसूस करेंगे एवं सफलता की चाह मन में लेकर परिश्रम करना प्रारंभ कर देंगे। आपकी समस्त छिपी हुई शक्तियां दृष्टिगोचर होने लगेंगी।

प्रस्तुत पुस्तक आपकी शक्तियों को जाग्रत अवस्था में ले जाने का ठोस प्रयास है। सफलता प्राप्त करने के लिए जिन औजारों की आवश्यकता है, सभी आपके पास मौजूद हैं। बस, उन्हें जगाने के लिए प्रेरणा की आवश्यकता है। ये प्रेरणाएं इस पुस्तक में भरी पड़ी हैं।

नई दिल्ली

–संजीव मनोहर 'साहिल'

अंदर के पृष्ठों में

निःस्वार्थ कर्म सफलता के लिए टॉनिक

जब हम निःस्वार्थ कर्म या निष्काम कर्म की बात करते हैं, तो बड़ा अटपटा सा लगता है क्योंकि कोई भी व्यक्ति फायदे-नुकसान का विचार किए बिना न तो कर्म करता है और न ही कोई कार्य करना चाहता है। जीवन की कोई न कोई आवश्यकता मन में इच्छा पैदा करती है और उस इच्छा को पूरा करने के लिए ही व्यक्ति कार्य करता है। फिर यह कैसे संभव है कि हम निःस्वार्थ या निष्काम कर्म करें।

किसी भी कार्य के दो ही नतीजे होते हैं—सफलता या असफलता। असफलता व्यक्ति को दुख देती है। इसलिए हर व्यक्ति असफलता के दुख से बचना चाहता है और सफलता का सुख पाना चाहता है, किंतु सफलता का अपना अलग विज्ञान है। सफल होने के लिए सबसे पहली आवश्यकता तो मन, कर्म और वचन से कर्म के प्रति पूरी तरह समर्पित होने की है। इसके साथ ही आवश्यक संसाधन, परिस्थितियां और हमारी कार्य क्षमता का भी सफल होने में बहुत महत्वपूर्ण योगदान होता है।

> **सत्कर्म एवं दूसरों की निःस्वार्थ सेवा ही ईश्वर की सबसे बड़ी पूजा है।**
>
> ***—महात्मा गांधी***

प्रायः होता यह है कि सफलता और असफलता का यह सुख-दुःख लगातार हमारे मस्तिष्क में कौंधता रहता है और हम कर्म करने पर पूरा ध्यान नहीं दे पाते हैं। परिणाम यह होता है कि हम असफल हो जाते और सुख की चाह में दुःख उठाते हैं। सफलता के इसी रहस्य को श्री कृष्ण ने गीता में अर्जुन को समझाया है—

कर्मण्येवाधिकारस्ते मा फलेषु कदाचन।
मा कर्मफलहेतुर्भूर्मा ते संगोऽस्त्वकर्मणि।।

अर्थात्—(हे अर्जुन) तेरा कर्म करने में ही अधिकार है, उसके फलों में कभी नहीं। तू कर्मों के फल का कारण मत हो और कर्म न करने में भी तेरी आसक्ति न हो।

तुम्हें मानवता के प्रति विश्वास नहीं खोना चाहिए। मानवता एक सुधामय समुद्र के समान है, जिसकी कुछ बूंदें गंदी होने पर भी समुद्र गंदा नहीं होता।

–डेनियल स्कार

कृष्ण कर्म के विषय में दो तथ्यों को स्पष्ट कर देते हैं एक तो कर्म के फल–सफलता-असफलता, सुख-दुख के विषय में मत सोच, क्योंकि इससे तू काल्पनिक सुख-दुख से उद्वेलित नहीं होगा और शांत मन से पूरी शक्ति के साथ जब कर्म करेगा तो सफलता तो मिलनी ही है। कोई व्यक्ति फल के बारे में न सोचने की बात सुनकर कर्म से विमुख न हो जाए, इसलिए कृष्ण साथ ही दूसरी बात भी कह देते हैं, कि कर्म से विरक्त नहीं होना है। क्योंकि कर्म से कोई व्यक्ति विरक्त हो ही नहीं सकता। न चाहते हुए भी उसे कुछ न कुछ तो करना ही होगा। सोना, जागना आदि भी तो स्वाभाविक कर्म ही है। अतः सफलता पाने के लिए यह आवश्यक है कि हम फल के बारे में सोचकर व्यर्थ समय नष्ट करने की अपेक्षा पूरे मनोयोग से कर्म को पूजा समझकर करें। कर्म ही पूजा है। इन चार शब्दों का भावार्थ अपने आप में इतना गूढ़ रहस्य समाहित किए हुए है कि यदि व्यक्ति इसे समझ सके, तो वह कर्म करते-करते महानता के उस लोक में विचरण करने लगेगा, जहां सफलता स्वयं ही उसका इंतजार करती होगी।

मानव को कर्म करने के लिए बनाया गया है। हमारा कार्य तो सिर्फ इतना है कि फल की इच्छा किए बिना अपने कर्म को पूरी लगन एवं निष्ठा से करते जाएं। ऐसी स्थिति में व्यक्ति का मानसिक स्तर इतना ऊंचा हो जाता है कि उसे सफल होने से रोका ही नहीं जा सकता। उसमें अद्‌भुत शक्तियों एवं क्षमताओं का विकास स्वतः ही हो जाता है।

सच तो यह है कि यह जीवन जो हम जीते हैं, यह भी कर्म का ही साक्षात् स्वरूप है। यदि कोई व्यक्ति हाथ पर हाथ रखकर खाली बैठ जाता है, उद्यम करना त्याग देता है, तो उसके जीवन में एक ठहराव-सा आ जाता है, जबकि सही अर्थों में जीवन तो चलने का नाम होता है, थककर या हारकर बैठ जाने का नहीं। मानव पूर्ण मनोयोग से कर्म तभी कर सकता है, जबकि उसकी आंखों में कोई स्वप्न भी हो। ठीक ही तो है, इस प्रकार कर्म के लिए लक्ष्य का होना तो आवश्यक है ही, लेकिन उस लक्ष्य तक पहुंचने के लिए यह भी आवश्यक है कि हम निःस्वार्थ होकर पूरी लगन से परिश्रम करें और परिणाम की चिंता न करें।

एक गांव में एक महात्मा रहते थे। उनका एक शिष्य था, नाम था रामफल। एक दिन उसने अपने गुरु से कहा, "गुरुजी आपने

मुझसे 15 वर्ष पहले कहा था कि जो लोग निस्स्वार्थ होकर गरीबों, दलितों एवं जरूरतमंदों की सेवा करते हैं, उनके पीछे-पीछे सदैव सामाजिक सम्मान भी आता है। मैं तो पिछले 15 वर्षों से लगातार दूसरों की सेवा कर रहा हूं, लेकिन मेरे पीछे तो सामाजिक सम्मान नहीं आया।''

गुरुजी ने कहा, ''हां ठीक कहते हो रामफल, तुम्हारी निगाह सदैव इस तरफ थी कि कब सामाजिक सम्मान आता है। इसी स्वार्थ ने तुम्हारे सामाजिक सम्मान को बंदी बना रखा है। यदि सम्मान पाना है, तो इस स्वार्थ को मार दो।

ध्यान रखिए, परिणाम के बारे में विचार करने से एक और सबसे बड़ी हानि यह है कि आप यह भी अवश्य सोचेंगे कि कहीं लक्ष्य नहीं मिला, तो क्या होगा?

इससे भी हानि वही होगी कि आप अपनी पूर्ण क्षमता का उपयोग न कर पाएंगे एवं दूसरी हानि है कि नकारात्मक सोच को बढ़ावा मिलेगा। इसलिए आपका कर्तव्य सिर्फ इतना है कि कर्म करते रहिए। विश्वास कीजिए, फल आपको अवश्य मिलेगा।

कठिन परिस्थितियां आने पर भी आपको परेशान एवं निराश नहीं होना चाहिए, बल्कि अपने कर्तव्य को भली प्रकार निभाते रहना चाहिए। विश्वास रखिए, परमात्मा बहुत दयालु है, वह आपकी मदद अवश्य करेगा, लेकिन सफलता पाने के लिए हमें कर्म तो करना ही पड़ेगा। सच्चे मन से किया गया कार्य आपको अवश्य ही सफलता दिलाएगा।

> **अधिकतर लोग अपनी सुविधा अनुसार मानवीय मूल्यों को बदलने में विश्वास करते हैं, पर स्वयं को बदलना नहीं चाहते।**
>
> ***–लिओ टॉलस्टाय***

इसका अर्थ तो यह हुआ कि आपके द्वारा किया हुआ कर्म ईश्वर की पूजा के समान है, जिसका सुफल आपको सफलता के रूप में प्राप्त होता है।

प्रायः देखा भी जाता है कि कुछ व्यक्ति अपने कार्य में इतने लीन हो जाते हैं कि उन्हें बाहरी दुनिया का कोई ज्ञान ही नहीं रहता, वे पूरी कुशलता से अपना कार्य करते जाते हैं। ऐसे लोग महान सफलता को प्राप्त होते हैं। उनका मन दिव्य आनंद से भर जाता है, क्योंकि उन्हें अपने कार्य से ही इतनी संतुष्टि मिलती है कि परिणाम के बारे में सोचने की फुर्सत ही नहीं मिलती? अच्छे कर्म का अच्छा परिणाम तो उनके पास खुद-ब-खुद खिंचा चला आता है। दार्शनिकों, कलाकारों, वैज्ञानिकों और संतों को अपने कर्म में इसी अद्भुत आनंद की प्राप्ति होती है।

हे मानव! तुम कर्म करो, फल की चिंता मत करो।

—भगवान श्रीकृष्ण

कर्म की इसी पूजा ने आदिम युग से लेकर आज के अति आधुनिक विश्व की रचना तक महत्वपूर्ण भूमिका निबाही है।

आपका ऐसा विश्वास कि सबकी भलाई में ही आपकी अपनी भलाई एवं खुशहाली है, आपको अद्भुत सफलता के दर्शन कराता है। दूसरों की सेवा एवं सहायता करने का महान सिद्धांत व्यक्ति की सफलता का मार्ग स्वयं ही खोल देता है। जिसने कभी किसी दूसरे व्यक्ति के लिए निःस्वार्थ भाव से मदद की है, उसने सेवा के इस सुखद एहसास को जरूर छुआ होगा।

एक संत की मृत्यु हुई। जब यम के दरबार में चित्रगुप्त के सामने उन्हें पेश करके उनके पुण्य कर्मों का हिसाब पूछा गया, तो संत ने कहा कि मैंने जीवन का पहला आधा भाग तो व्यर्थ में लोगों की सेवा करते हुए बिताया, बाद के आधे भाग में ईश्वर की स्तुति एवं प्रार्थना करके अत्यधिक पुण्य कमाया है। चित्रगुप्त का जवाब था कि जीवन के बाद वाले भाग में आपके नाम कोई पुण्य नहीं है, जबकि जीवन के पहले भाग में कमाए पुण्य के सहारे आपको स्वर्ग प्रदान किया जाता है।

सच यही है कि निस्स्वार्थ भाव से किया गया परोपकार ही ईश्वर की सच्ची उपासना है। ऐसा करके व्यक्ति को आत्मिक सतुष्टि प्राप्त होती है। यहां पर स्मरणीय तथ्य यही है कि जब व्यक्ति पूर्णरूपेण संतुष्ट एवं प्रसन्नचित्त होता है, तो ऐसी स्थिति में किया गया विचार सदैव अच्छे परिणाम ही देता है और यही अच्छे परिणाम आपकी अपनी मनोवांछित सफलता है। मनुष्य इस धरती पर यदि अच्छे कर्म करता है, तो उसे उसका फल हमेशा अच्छा ही मिलता है। यदि वह बुरे कार्य करेगा, तो एक दिन उसे अपनी बुराई का फल अवश्य ही मिलेगा। यह अकाट्य सत्य है। कोई भी इसे झुठला नहीं सका है। रामचरित मानस में गोस्वामी तुलसीदास जी ने कहा है :

परहित बस जिनके मन माहीं। तिन्हु कहुं जग दुर्लभ कछु नाहीं।।

अर्थात् जो व्यक्ति दूसरे के भले के लिए निःस्वार्थ कर्म कर सकता है, उसके लिए इस संसार में कुछ भी असंभव नही है। ऐसा व्यक्ति इस लोक में भी एवं परमात्मा के लोक में भी सभी को प्यारा होता है। जिस व्यक्ति ने इस महान सिद्धांत के मर्म को समझ लिया, तो उसकी मानसिक स्थिति इतनी पवित्र हो जाती है कि उन क्षणों में किया गया विचार सफलता दिलाने में सहायक होता है।

असाध्यों की ओर से जब हम मुंह मोड़कर चलते हैं, तो ईश्वर की पुकार का निरादर करते हुए चलते हैं, एवं स्वयं ही अपनी सफलता के मार्ग को लंबा बनाते हैं।

–श्रीराम शर्मा

ध्यान दीजिए मनुष्य जन्म लेता है, बचपन गुजारता है, जवानी का सुख भोगता है, वृद्ध होता है एवं मृत्यु को प्राप्त हो जाता है। क्या ऐसा संभव है कि कोई व्यक्ति जन्म से लेकर मृत्यु तक की इन शारीरिक अवस्थाओं को आने से रोक सके। ऐसा सम्भव नहीं है। तो फिर इसका अर्थ तो यह हुआ कि परमात्मा ने हमें अपनी उपयोगिता साबित करने के लिए बहुत सीमित समय दिया है और इस सीमित समय को हम अगर प्यार से एवं अच्छे कर्म करते हुए बिताएं, तो कोई कारण नहीं है कि हमें जीवन भर खुशहाल रहने का अधिकार न मिले। निःस्वार्थ भाव से की गई मदद व्यक्ति को अद्‌भुत शांति प्रदान करती है और याद रखिए, इसी अद्‌भुत शांति में जीवन का सच्चा सुख और सफलता का रहस्य छिपा होता है। जब कभी भी कोई व्यक्ति बिना किसी स्वार्थ के किसी जरूरतमंद की मदद करता है, तो कुछ अदृश्य शक्तियां स्वतः ही उस व्यक्ति के जीवन में कार्य करना प्रारंभ कर देती हैं।

मदर टेरेसा को कौन नहीं जानता है? उन्हें नोबल पुरस्कार से सम्मानित किया गया था। उन्होंने अपना सारा जीवन रोगियों, कोढ़ियों एवं दुखी जनों की सेवा करते हुए बिताया था। सेवा कार्य में उन्हें अद्‌भुत मानसिक शांति तो मिलती ही थी, साथ ही संपूर्ण विश्व में उनकी पहचान एक दिव्य आत्मा के रूप में बनी। ठीक इसी तरह एक इतिहास पुरुष के रूप में पहचान बना चुके राष्ट्रपिता महात्मा गांधी ने सत्य के साथ अनेक प्रयोग किए। उन्होंने निस्स्वार्थ भाव से दलितों एवं गरीबों की सेवा की और उन्हें इसका सुफल भी मिला। उनके हृदय में अलौकिक शक्तियों का जन्म हुआ और शायद ये वही अलौकिक शक्तियां थीं, जिनके बल पर आज भी पूरी दुनिया उन्हें सम्मान देती है। निश्चित ही निःस्वार्थ भाव से किए गए अच्छे कार्य व्यक्ति को अंदर से कितना मजबूत बना देते हैं। यदि आप भी दूसरों की सहायता के इस अद्‌भुत रहस्य को समझ लेते हैं, तो फिर कोई कारण नहीं है कि आप अपने व्यक्तिगत जीवन में सफलता हासिल न कर पाएं, क्योंकि जो व्यक्ति सभी का भला चाहता है, वह न केवल सभी के सम्मान का पात्र बनता है, बल्कि उसका भला स्वयं ही हो जाता है।

सफलता की राह में बाधक है ईर्ष्या प्रवृत्ति

ईर्ष्या सफलता की राह में आने वाली बाधाओं में से एक प्रमुख बाधा है, जो व्यक्ति ईर्ष्यालु स्वभाव के होते हैं, उनके कार्य करने की क्षमता इतनी घट जाती है कि सफलता उनके लिए मृग-मरीचिका के समान बन जाती है। ऐसे लोग अपनी उन्नति के लिए उद्यम करना छोड़कर दूसरों को नुकसान पहुंचाने को ही अपना श्रेष्ठ कर्तव्य समझने लगते हैं।

यदि ईर्ष्या के प्रमुख कारणों की तलाश की जाए, तो ईर्ष्या का जन्म प्रतिद्वंद्विता से होता है। प्रतिद्वंद्विता एक अच्छी भावना है, इससे व्यक्ति की प्रगति का मार्ग प्रशस्त होता है, लेकिन जब प्रतिद्वंद्विता मानव के मनोविकारों के फलस्वरूप फलती-फूलती है, तो यह उसके लिए सदैव घातक होती है। क्योंकि ऐसी स्थिति में व्यक्ति अपने से आगे जाने वाले लोगों को हानि पहुंचाकर उन्हें असफल बनाने का प्रयास करता है एवं स्वयं अपनी ही असफलता के लिए जिम्मेदार बनता है। लेकिन जब प्रतिद्वंद्विता का जन्म रचनात्मक सोच के साथ होता है, तो इसे स्वस्थ प्रतिद्वंद्विता या प्रतिस्पर्धा कहा जाता है। ऐसे व्यक्ति दूसरे की सफलता पर पहले तो प्रसन्नता व्यक्त करते हैं, फिर स्वयं अपने कठोर परिश्रम से उससे भी अधिक सफल होने का प्रयास करते हैं। स्वस्थ प्रतिद्वंद्विता मानव की सफलता का मार्ग स्वतः ही खोल देती है।

कपड़े के दो व्यापारी थे। दोनों की दुकानें आमने-सामने थीं। दोनों परिश्रम से अपना काम करते एवं मुनाफा कमाते। पर उनमें से एक व्यापारी ईर्ष्यालु स्वभाव का था, उससे दूसरे व्यापारी की प्रगति देखी न जाती थी। परिणामस्वरूप वह लोगों से उस व्यापारी की इसलिए निंदा करने लगा, क्योंकि सारे ग्राहक उसके पास आएं। जबकि दूसरा व्यापारी स्वभाव से हंसमुख एवं व्यवहार कुशल था। वह किसी से दूसरे व्यापारी की निंदा न करता था। उसके अच्छे व्यवहार के फलस्वरूप उसके यहां ग्राहकों की संख्या बढ़ती गई और ईर्ष्या रखने वाले दूसरे व्यापारी की दुकान दिन पर दिन कम चलने लगी। इससे उसकी ईर्ष्या और भी बढ़ने लगी और वह सदैव पहले व्यापारी को नुकसान पहुंचाने के बारे में ही सोचता रहता। इससे जहां एक तरफ उसकी दुकान बंद होने के कगार पर आ गई, वहीं दूसरी तरफ ईर्ष्या की अग्नि में जलते हुए वह बीमार पड़ गया। इस पर भी उसकी ईर्ष्या कम न हुई। शीघ्र ही वह घुट-घुटकर मर गया।

दूसरा व्यापारी अपने आप में संतुष्ट और प्रसन्नता के कारण निरंतर उन्नति करता गया।

याद रखिए, ईर्ष्या बेहद खतरनाक मनोविकार है। विश्वप्रसिद्ध विचारक इमरसन के शब्दों में यदि कहा जाए, तो कोई भी वस्तु पाने के लिए कुछ खोना भी पड़ता है। यह सिद्धांत सीधा एवं सरल है। विचार कीजिए कि जिस व्यक्ति की सफलता से आपको ईर्ष्या हो रही है, क्या उस व्यक्ति ने उस सफलता को हासिल करने के लिए कुछ खोया न होगा या उसके लिए कठोर परिश्रम न किया होगा। कठोर परिश्रम के बाद ही तो वह उस सफलता का अधिकारी हुआ होगा। इसी तथ्य का प्रयोग आप अपने ऊपर भी कर सकते हैं। मान लीजिए कि किसी वस्तु को पाने के लिए आपने कठिन साधना एवं कठोर परिश्रम किया, मगर दुर्भाग्यवश वह वस्तु आपको नहीं मिली। क्या इस परिस्थिति में आप अपनी मानसिक स्थिति का अंदाजा लगा सकते हैं? यदि हां, तो ठीक यही स्थिति उस व्यक्ति की भी होती, यदि उसे अपने परिश्रम के अनुरूप अपेक्षित सफलता नहीं मिलती। जब आप मेहनत करने के बाद स्वयं को सफलता का अधिकारी देखना चाहते हैं, तो वह व्यक्ति क्यों नहीं चाहेगा। फिर आपको उससे ईर्ष्या क्यों? आखिर वह भी तो आपकी ही तरह इनसान है। उसकी सफलता के प्रति आपका दृष्टिकोण सकारात्मक भी हो सकता है।

रामधारी सिंह 'दिनकर' के अनुसार ईर्ष्या का अनोखा वरदान है कि जिस व्यक्ति के हृदय में उसका जन्म होता है, सबसे पहले उसी व्यक्ति को जलाती है। क्योंकि ईर्ष्या का कार्य तो केवल जलाना है।

दिनकर कहते हैं कि ईर्ष्या की बड़ी बेटी का नाम निंदा है। जो व्यक्ति ईर्ष्यालु होता है, वही व्यक्ति दूसरों का निंदक भी होता है, जबकि संसार का कोई भी मनुष्य निंदा से पतित नहीं होता, उसके पतन का कारण उसके सद्गुणों का ह्रास है। इसी प्रकार कोई भी व्यक्ति दूसरों की निंदा करने से अपनी उन्नति की ओर अग्रसर नहीं हो सकता। उसकी उन्नति तो तभी होगी, जबकि वह अपने चरित्र को निर्मल बनाए एवं अपने अंदर अच्छे गुणों का विकास करे।

एक महात्मा से उसके शिष्य ने पूछा, "गुरुजी इस बात की जानकारी कैसे की जाए कि कौन-सा व्यक्ति उन्नति की ओर जाता है एवं कौन-सा अवनति की ओर।" महात्मा ने कहा, "बस इतना जान लो कि कौन-सा व्यक्ति ईर्ष्या से दूर, सबकी भलाई चाहने वाला, निर्मल चरित्र एवं सद्विचारों पर विश्वास रखने वाला है। ऐसा व्यक्ति

प्रत्येक क्षण उन्नति की ओर गतिमान है। जो व्यक्ति ईर्ष्यालु, घृणा करने वाला, व्यभिचारी एवं बुरे विचारों पर विश्वास रखने वाला है, आज नहीं तो कल उसकी अवनति एवं असमय अंत निश्चित है।

एक बात और, यदि आपके मन में ईर्ष्या, द्वेष की भावनाएं न होंगी, तो आप सभी के प्रिय बनकर रहेंगे। आपके बोलने का तरीका स्वयं ही ऐसा हो जाएगा कि सामने वाला व्यक्ति आपसे प्रभावित हुए बिना न रह सकेगा।

ईर्ष्या से बचने का उपाय मानसिक अनुशासन है। जो व्यक्ति ईर्ष्यालु स्वभाव का है और यदि ईर्ष्या से मुक्ति चाहता है, तो उसे सबसे पहले यह जानने का प्रयास करना चाहिए कि किस अभाव के कारण वह ईर्ष्यालु बना है एवं उस अभाव की पूर्ति का रचनात्मक तरीका क्या है? धैर्य एवं विश्वास रखिए, जो अच्छा कार्य किसी दूसरे ने किया है, उसे आप भी कर सकते हैं, बल्कि उससे भी अच्छा कर सकते हैं, लेकिन सबसे पहले दूसरों की सफलता पर प्रसन्नता व्यक्त करना सीखिए और उसके बाद अपनी सफलता की राह तलाशिए।

सफलता पाने के महान सिद्धांतों में से यह एक गुर है। आइए एक बार पुनः इन महान सिद्धांतों पर एक सरसरी निगाह दौड़ाएं :

- सचेत रहिए कि मन के किसी कोने में ईर्ष्या, द्वेष आदि मनोविकार तो नहीं आ घुसे हैं।
- यदि ऐसा कोई मनोविकार आ गया है, तो सबसे पहले अपनी कमजोरी को तलाशिए और पूरे आत्मविश्वास से उसे दूर कीजिए।
- मनोविकार का कारण कौन-सा अभाव है, यह जानिए और उसकी पूर्ति के लिए सही रास्ता चुनिए, साहस से परिश्रम कीजिए, सफलता आपको अवश्य मिलेगी।
- ऐसे लक्ष्य मत बनाइए, जिन्हें व्यवहार में पूरा करना आपके लिए संभव ही न हो।
- अधिक-से-अधिक समय शांत और यथाशक्ति मौन रहने का प्रयास कीजिए।
- निःस्वार्थ कर्म की महत्ता पर विश्वास रखिए।
- अपने साथ-साथ कामना कीजिए कि पृथ्वी पर प्रत्येक इनसान खुशहाल रहे।

ऐसे पाएं कठिनाइयों पर विजय

सफलता पाने के सभी सिद्धांतों को कुछ पलों के लिए भुला दीजिए एवं केवल इतना याद रखिए कि दुनिया की सारी कठिनाइयों को क्षणिक मानते हुए अपने लक्ष्य की ओर बढ़ने की अद्‌भुत इच्छाशक्ति ही सफलता पाने का मूलमंत्र है। एक महान व्यक्ति एवं साधारण व्यक्ति में कोई भी अंतर नहीं होता। अंतर केवल विचारों का होता है और विचार मस्तिष्क से आते हैं। मस्तिष्क प्रत्येक व्यक्ति के पास होता है, किंतु आवश्यकता इस बात की है कि अपने मस्तिष्क का सही उपयोग कैसे किया जाए। किसी भी मंजिल की तरफ बढ़ने से पहले व्यक्ति के पास जहां एक तरफ सोची-समझी रणनीति होनी चाहिए, वहीं दूसरी तरफ दृढ़ आत्मविश्वास भी होना चाहिए कि चाहे दुनिया का कोई भी लक्ष्य हो, इसे इनसान हासिल कर सकता है।

पृथ्वी पर मानव के लिए सबसे महान साहसिक यदि कुछ है, तो यह कि कठिन परिस्थितियों का संयम खोए बिना सामना करना।

—इंगरसॉल

सर्दी के दिनों में अंगीठी सुलगाने का प्रयास करते हुए एक बच्चे ने मिट्टी के तेल के स्थान पर अज्ञानतावश पेट्रोल डाल दिया, आग भड़की। बच्चा बुरी तरह जल गया। महीनों अस्पताल में रहने के बाद कुरूप एवं अपंग हो गया। उसके दोनों पैर लकड़ी की तरह सूख गए। पहिएदार कुर्सी के सहारे घर लौटा, तो किसी को आशा न थी कि वह कभी चल-फिर भी सकेगा। लड़के ने हिम्मत न छोड़ी। अच्छी स्थिति प्राप्त करने के लिए वह सतत् प्रयत्न करता रहा। उसके मन ने हार न मानी। निराश या खिन्न होने के स्थान पर उसने प्रतिकूलता को चुनौती के रूप में लिया और अनुकूलता में बदलने

के लिए अपने कौशल एवं पौरूष को दांव पर लगाता रहा। धीरे-धीरे उसने बैसाखी के सहारे न केवल चलने में, बल्कि दौड़ने में भी सफलता पाई और पुरस्कार जीते। इस विपन्नता के बीच भी उसने पढ़ाई जारी रखी। एम. ए., पीएच. डी. और विश्वविद्यालय में निर्देशक के पद पर आसीन हुआ। द्वितीय विश्व युद्ध में वह मोर्चे पर भी गया। जहां पर अड़ा, वहीं सफलता प्राप्त की। रिटायर होने पर उसने अपनी जमा पूंजी से अपंगों को स्वावलंबन देने वाला एक आश्रम खोला, जिनमें अभी तक अपंगों के रहने एवं खाने का प्रबंध है। अमेरिका में इस संकल्पवान, साहसी व्यक्ति ग्रेट कनिंघम का नाम बड़ी श्रद्धा के साथ लिया जाता है और कठिनाइयों से जूझने के लिए उनका जीवन वृत्तांत पढ़ने-सुनने का परामर्श दिया जाता है।

ध्यान रखें कि कोई भी व्यक्ति जन्म से महान नहीं होता। महान बनता है वह अपने कार्यों से, साधना से एवं कठोर परिश्रम से। ऐसा भी नहीं है कि ऐसे व्यक्तियों को कभी असफलता नहीं मिलती या उनके जीवन में दुख, निराशा एवं कुंठा के क्षण आते ही नहीं, लेकिन वे कभी विपरीत परिस्थितियों में घबराते नहीं हैं। उन्हें अपनी क्षमताओं पर पूरा भरोसा होता है और एक दिन इसी विश्वास के सहारे वे ऐसे कार्य कर जाते हैं कि संसार उन्हें कभी भुला नहीं पाता और वे सदैव के लिए अमर हो जाते हैं। राष्ट्रकवि मैथिलीशरण गुप्त ने लिखा है :

> **विपत्तियों के समान कोई शिक्षा नहीं।**
>
> *—डिज़राइली*

जितने कष्ट कंटकों में
जिसका जीवन कुसुम खिला।
गौरव गंध उसे ही उतना
यत्र तत्र सर्वत्र मिला।।

प्रकृति का नियम है कि धूप आती है, तो छांव भी। रात आती है, तो दिन भी। सुबह होती है, तो शाम भी। ठीक यही प्रकृति हमारे जीवन की होती है, जिसमें उत्साह है, तो निराशा भी, सुख है तो दुख भी। साधन हैं तो अभाव भी।

दुख एवं निराशा के क्षण तो प्रत्येक व्यक्ति के जीवन में आते ही हैं, लेकिन इन्हें पीछे छोड़कर सफल वही होते हैं, जो हार नहीं मानते, बल्कि प्रत्येक असफलता के बाद पहले से भी अधिक दृढ़-प्रतिज्ञ हो जाते हैं। मुसीबतें ऐसे लोगों के पास फटकती भी नहीं।

प्रसिद्ध वैज्ञानिक एडीसन एल्वा बचपन से ही महान पुरुष नहीं थे। वे अपने पुरुषार्थ के बल पर, कभी न हार मानने वाली भावना के बल पर महान पुरुष बने थे। उन्होंने बल्ब का आविष्कार किया था। पर क्या यह सब उन्होंने सरलता से कर लिया था?

नहीं, इस महत्वपूर्ण आविष्कार के लिए उन्होंने एक हजार से ऊपर प्रयोग किए थे और तब कहीं जाकर उन्हें अपने उद्देश्य में सफलता मिली थी। उन्होंने अपनी आत्मकथा में लिखा भी है कि जब-जब मेरा प्रयोग असफल हो जाता, तब-तब मुझे बहुत झुंझलाहट होती थी, परंतु मैं हार न मानता था। झुंझलाहट पर काबू पाना मैंने सीख लिया था। मैं उदासी एवं निराशा को अपने पास फटकने न देता था। बस, गंभीरता से यह सोचने में लग जाता कि आखिर मुझसे क्या भूल हो गई, जो मैं असफल रहा।

इस प्रकार से मैं अपनी गलतियां तलाश करता रहा और फिर इनको दूर करके नए सिरे से अपना कार्य आरंभ कर देता। फिर गलती होती..., पर मैं फिर...। इस प्रकार से मुझे एक रोज सफलता मिली। मेरा चेहरा सफलता की आभा से चमकने लगा और मैं विश्व का एक आविष्कारक बन गया।

यदि एडीसन घबराकर हार मान लेते, तो क्या वह सफलता प्राप्त करते? ऐसी स्थिति में तो वह कोई आविष्कार ही न कर पाते, हो सकता है बल्ब का आविष्कार कोई और कर लेता, लेकिन तब क्या हम आज एडीसन को याद करते?

स्वामी विवेकानंद एक महान आत्मा थे। उनके जीवन का मूल मंत्र था, उठो, जागो और अपने लक्ष्य तक पहुंचने से पहले मत रुको!

ध्यान रखिए, असफलता एवं सफलता केवल मानव के अंतर्मन की स्थिति पर निर्भर करती है, जो व्यक्ति विचारों से बलवान होगा, उसे लक्ष्य पाने से, सफलता प्राप्त करने से रोकना किसी के वश का नहीं है।

सफलता के लिए आवश्यक है मस्तिष्क पर नियंत्रण

कठिन क्षणों में अपने मस्तिष्क पर नियंत्रण रखना आसान तो नहीं होता, लेकिन हां, आप यदि ऐसा करने में सफल हो जाते हैं, तो कोई भी दुख आपको अधिक समय तक परेशान न रख सकेगा। आप स्वयं में अद्‌भुत क्षमताएं अनुभव करेंगे। आपकी सोई हुई शक्तियां शनैः-शनैः जागृत अवस्था की ओर जाने लगेंगी। याद रखिए, वह व्यक्ति उतना ही अधिक महान एवं सफल होता है, जो दुखों का साहस से धैर्यपूर्वक सामना करता है। दुख तो सभी के जीवन में आते हैं, लेकिन जो लोग यह समय समझदारी से बिता लेते हैं, वे स्वतः ही सफलता के मार्ग पर अग्रसर हो जाते हैं।

> **सफलता प्राप्त करने के लिए जबर्दस्त सतत प्रयत्न और इच्छा रखो। प्रयत्नशील आत्मा कहती है कि मैं समुद्र पी जाऊंगी, मेरी इच्छा से पर्वत के टुकड़े-टुकड़े हो जाएंगे। इस प्रकार की शक्ति एवं इच्छा रखो, कड़ा परिश्रम करो, तुम अपने उद्देश्य को निश्चित पा जाओगे।**
>
> ***–स्वामी विवेकानंद***

मनुष्य एक सामाजिक प्राणी है। उस पर उसके अपने अच्छे-बुरे कर्मों का प्रभाव तो पड़ता ही है, लेकिन कभी-कभी उससे जुड़े लोगों के द्वारा किए गए किसी कार्य की अच्छाई या बुराई का भी उस पर गंभीर प्रभाव पड़ता है। इसलिए यह नहीं कहा जा सकता कि कब आपके जीवन में दुख के पल आ जाएं। हो सकता है कि आप आसानी से अपना समय व्यतीत कर रहे हैं, आशाओं की ज्योति अपनी आंखों में लिए प्रसन्न हैं, लेकिन तभी कोई ऐसा व्यक्ति आपको दुख के सागर में ढकेल देता है, जिसे आप अत्यधिक प्रेम करते हैं। ऐसे क्षणों में बड़ी गंभीर स्थिति पैदा हो जाती है। यही समय आपके धैर्य की परीक्षा और

> **एक निश्चित योजना बनाकर पूरे मन से किए गए कार्य का अंत कभी असफलता नहीं होता।**
>
> ***–स्वेट मार्डेन***

आपके मानसिक नियंत्रण की क्षमता को दर्शाने वाला होता है।

यह तो तय है कि समय के साथ आप उस दुख से उबर तो जाएंगे ही, लेकिन यदि आपने उन कठिन परिस्थितियों में स्वयं पर नियंत्रण न रखा, तो वह समय कभी वापस न आएगा, जिसे आप दुख में डूबकर खो चुके होंगे। यह तो आपकी दोहरी हानि हुई। दुख भी सहा और समय भी नष्ट किया। इस रहस्य को न समझने के कारण ही व्यक्ति प्रायः अपनी सफलता का मार्ग स्वयं ही कंटकयुक्त एवं लंबा बना लेते हैं।

भगवान राम को ईश्वर के सदृश्य पूजा जाता है, क्योंकि जो परेशानियां श्री राम ने सहन की थीं, हमारी आपकी परेशानियां तो उनके सामने कुछ भी नहीं। वस्तुतः सुख और दुख तो दो ऐसे एहसास हैं, जो प्रत्येक व्यक्ति के जीवन में आते हैं। जो लोग धैर्य और आत्मविश्वास से पूर्ण नहीं होते हैं, वे सुखों में तो अत्यधिक प्रसन्नता व्यक्त करते हैं, लेकिन दुखों में टूट जाते हैं, बिखर जाते हैं, निराश हो जाते हैं। उन्हें कोई दूसरा मार्ग नजर ही नहीं आता। वे यह सोचकर हाथ पर हाथ रखकर, थक-हारकर बैठ जाते हैं कि शायद उनकी किस्मत को यही मंजूर था। वे नहीं सोचते कि व्यक्ति अपनी किस्मत अपने कार्यों से जैसे चाहे, वैसे मोड़ सकता है। इस एक भूल के कारण वे स्वयं ही अपनी असफलता का मार्ग खोल लेते हैं। जबकि समझदार लोग इस सत्य से परिचित होते हैं कि सुख-दुख तो जीवन के दो पहलू हैं। उन्हें दोनों से ही सामना करना है। वे लोग सुख के क्षणों में आनंद की अधिकता से पागल नहीं होते और दुख के क्षणों में अपनी किस्मत का रोना रोकर थक-हारकर नहीं बैठ जाते, बल्कि उनसे उबरने की कोशिश करते हुए सदैव अपने लक्ष्य की ओर अग्रसर रहते हैं। वे सुख एवं दुख में एक-सा ही व्यवहार करते हैं, उन्हें अपने मस्तिष्क पर नियंत्रण करना आता है। वे भावनाओं में फंसकर समय का दुरुपयोग नहीं करते। प्रत्येक स्थिति में उनकी आंखें अपने लक्ष्य पर स्थिर रहती हैं।

एक बार एक महात्मा के पास एक व्यक्ति आया और कहने लगा, "भगवन् मैं बहुत परेशान हूं। कुछ परिस्थितियों के चलते मेरे जीवन में अचानक ही इतने गम आ गए हैं कि मैं हर समय बेचैन रहता हूं, रातों में नींद नहीं आती, आंखों से आंसू नहीं थमते। मेरी

समझ में कुछ नहीं आता कि मैं क्या करूं? कभी-कभी तो लगता है कि आत्महत्या कर लूं।"

महात्मा ने कहा, "वत्स, इस दुनिया में आत्महत्या से बड़ा पाप तो कोई नहीं है। अपने कठिन समय का साहस से सामना करो। प्रसन्न रहने का प्रयास करो, क्योंकि जिस स्थिति में तुम स्वयं को बताते हो, उससे तुम्हें कोई लाभ तो होने वाला है नहीं। अभी तो तुम केवल दुखी हो, लेकिन यदि तुमने यह समय यूं ही गुजार दिया, तो बाद में पछताओगे भी। प्रत्येक मुसीबत का सामना इनसान को हंसकर करना चाहिए। याद रखो, सोने को अग्नि में तपाने पर ही वो कुंदन बनता है।" व्यक्ति के आंसू थम गए। उसके चेहरे पर आत्मविश्वास की चमक लौट आई।

इस बात का ध्यान रखिएगा कि मुसीबतों से हार मानने के बजाय उन पर विजय हासिल कीजिए। सफलताएं ऐसे लोगों का ही वरण करती हैं। साहित्यकार शमशेर जी की यह कविता ऐसी ही स्थितियों में व्यक्ति को दिशा-निर्देश देती है :

वह पथ क्या? पथिक कुशलता क्या?
जिसमें बिखरे शूल न हों।
नाविक की धैर्य कुशलता क्या?
यदि धाराएं प्रतिकूल न हों।।

सफलता का आधार स्वस्थ दृष्टिकोण

समाज में प्रत्येक व्यक्ति चाहे नर हो या नारी, राजा हो या रंक, प्रतिदिन प्रातःकाल से ही किसी-न-किसी कर्म में जुट जाता है। प्रत्येक व्यक्ति की अपनी एक अलग दुनिया होती है, अलग-अलग लोगों से मिलता है, उन्हें जानता है। सदैव उसके लिए कुछ घटनाएं घटित होती रहती हैं। वह जो कुछ भी करता है, उसके परिणाम सामने आते रहते हैं। वह जहां रहता है, जितने लोगों को जानता है, जिनसे मिलता है, जो स्वप्न सजाता है, जो कार्य करता है—ये सभी उसके परिवेश के अंतर्गत आते हैं एवं व्यक्ति को उसकी गतिविधियों के परिणाम इसी परिवेश से प्राप्त होते हैं। कहने का तात्पर्य सिर्फ इतना है कि हर व्यक्ति के साथ कुछ-न-कुछ घटनाएं घटित होती रहती हैं, जो उसे प्रभावित करती रहती हैं। इनमें कुछ घटनाएं वे होती हैं, जिनके घटित होने का जिम्मेदार वह स्वयं होता है। कुछ घटनाएं वे होती हैं, जिनके घटित होने का जिम्मेदार वह स्वयं तो नहीं होता, लेकिन घटनाएं उसके परिवेश में घटती हैं और उसे प्रभावित भी करती हैं।

> **संसार को समझने के लिए इसे कई दृष्टिकोणों से परखो। यदि तुम ऐसा करते हो, तो तुम्हें कामयाब होने से नहीं रोका जा सकता।**
>
> ***—एराई कीव***

गंभीरता से विचार कीजिए कि कुछ घटनाएं घटित होने पर व्यक्ति को प्रसन्नता का अनुभव होता है एवं कुछ घटनाएं घटित होने पर व्यक्ति को दुख का एहसास होता है। चलिए एक बार को मान लीजिए कि स्वयं पर आधारित अशोभनीय घटनाएं रोकने में आप सफल हो जाएंगे, लेकिन पराश्रित घटनाओं को नहीं रोका जा सकता, जो कि अच्छी भी हो सकती हैं एवं खराब भी।

यदि अच्छी घटनाओं पर आप प्रसन्नता एवं खराब घटनाओं पर दुख व्यक्त करते हैं, तो विश्वास कीजिए दुखी करने वाली घटनाएं निश्चित रूप से आपकी सफलता की राह में बाधा उत्पन्न करेंगी।

मानव का दृष्टिकोण जैसा होता है, वह वैसा ही विचार करता है।

—एक कथन

तो क्यों न हम इनके प्रति स्वस्थ दृष्टिकोण अपना लें। समय कभी एक सा नहीं रहता। यदि आज कोई अशोभनीय घटना आपको दुख पहुंचाती है, तो कल कोई अच्छी घटना प्रसन्न होने का अवसर भी देगी। यही तो प्रकृति का नियम है। पर इसके लिए आपको भूतकाल के दुखों को भुलाने की कला सीखनी होगी। एक विद्वान ने कहा था, वृद्ध भूतकाल की बातों को याद करते हैं, बच्चे भविष्य के स्वप्न देखते हैं, पर नौज़वान एवं पुरुषार्थी वह है, जो वर्तमान का निर्माण करता है, वर्तमान ही जीता है एवं वर्तमान सोचता है।

एक मनोवैज्ञानिक के पास एक अत्यंत दुखी व्यक्ति जाता है और कहता है, "सर मेरा जीवन दुखों का संग्रह बनकर रह गया है। मुझे अपने भूतकाल की बातें याद आती हैं, जिससे मुझे अत्यंत पीड़ा होती है और इसलिए मैं अपने भविष्य के लिए भी चिंतित रहता हूं।"

मनोवैज्ञानिक ने कहा, "आप भूत एवं भविष्य की चिंता छोड़कर वर्तमान पर विचार कीजिए। आप इस पर ध्यान दीजिए कि आपने वर्तमान में क्या हासिल किया? आप प्रत्येक रात्रि सोते समय यह मानकर चलिए कि ये आपकी मृत्यु है एवं प्रातः काल उठने पर सोचिए कि यह आपका नया जन्म है और आपको आज के दिन का पूरा प्रयोग करना है। आप वर्तमान के एक-एक पल का आनंद लीजिए, आपके दुख स्वतः दूर हो जाएंगे।

मानव का दृष्टिकोण जैसा होता है, वह वैसा ही विचार करता है। जीवन में कोई बड़ी सफलता पाने के लिए आपको मुसीबतों के प्रति स्वस्थ दृष्टिकोण अपनाना ही होगा, क्योंकि तब आप स्वयं को प्रसन्न एवं तनाव से दूर रख पाएंगे और यही तो सफलता का मूलमंत्र है।

आइए एक बार फिर सफलता के इन सिद्धांतों पर विचार करें :

- क्या आप सफल होकर महान व्यक्तियों की श्रेणी में आना चाहते हैं?
- क्या किसी भी प्रकार की परिस्थिति में आप स्वयं को प्रसन्न रखने में सक्षम हैं?

- क्या आप समझ चुके हैं कि सुख एवं दुख मानव के अंतर्मन की स्थिति पर निर्भर करते हैं: आप जैसा सोचेंगे, स्वयं को वैसा ही पाएंगे?
- सफलता उनका वरण कभी नहीं करती, जो मुसीबतों से टूट जाया करते हैं। सफलता उनके गले में वरमाला पहनाती है, जो मुसीबतों को तोड़ देते हैं।
- समस्या का समाधन विचारपूर्वक किए गए प्रयत्न ही कर सकते हैं, निराशा नहीं।

परमात्मा की सत्ता में विश्वास कीजिए

हम उसे देख नहीं सकते, उससे मिल नहीं सकते, बस महसूस कर सकते हैं। उसके होने का एहसास ही मानव को तनाव मुक्त, प्रसन्नचित्त एवं सफल बना देता है। ऋषि-मुनि उसी की सत्ता पर विश्वास कर, उसकी आराधना कर, नर से नारायण होने के पथ पर अग्रसर रहते हैं। वह कहां है? कैसा है? उसका रूप क्या है? कोई नहीं जानता। लेकिन हां, जो लोग उसे महसूस करते हैं, वे भली भांति परिचित हैं कि उसकी सत्ता का विचार मात्र करने से मन आनंदित हो उठता है, प्रफुल्लित हो जाता है।

संसार के सभी आस्तिक मानते हैं कि वह परम सत्य है, परमात्मा है, पृथ्वी पर उपस्थित सारे जीवित प्राणियों का जन्मदाता है। कण-कण में वह विराजमान है, पर उसे महसूस वही कर सकता है, जो उसमें आस्था रखता है, वह सत्य में है, वह न्याय में है, वह सद्विचारों में है, वह सद्कार्यों में है। वह नहीं है काम में, क्रोध में, लोभ में, व्यभिचार में, अभिमान में। वह नहीं है बुरे कार्यों में, बुरे विचारों में। वही पुरस्कार देता है, वही दंड देता है, लेकिन वह अन्याय नहीं करता। उसने मानव को विवेक दिया है, अंतर्मन दिया है, जिनकी आवाज सुनकर इस पर अमल करके मानव पुरस्कार का अधिकारी बनता है। परंतु पुरस्कार का अधिकारी कोई आसानी से नहीं बन पाता।

> **जो व्यक्ति परमपिता परमात्मा की सत्ता में विश्वास रखता है, वह सभी प्रकार के सुख पाने का अधिकारी है। उसमें आस्था ही जीवन है एवं संदेह मृत्यु।**
>
> *—रामकृष्ण परमहंस*

मानव को स्वयं अपनी परीक्षा लेने को उसने मन दिया है, जो दौड़ता है, हांफता है, गिरता है। लेकिन जब यही मन सद्कार्यों में लीन हो जाता है, तो मानव में परम तत्व आ जाता है और वह पूरी तरह शांत होकर निष्ठा और आस्था के साथ सफलता के मार्ग पर अग्रसर होता जाता है।

व्यक्ति के प्रतिकूल समय में ईश्वर अपनी कृपा से आशा का प्रकाश प्रज्वलित करता है। आप ईश्वर की सत्ता में विश्वास कीजिए तो सही। वह कठिन से कठिन समय में आपका पथ प्रदर्शक बनेगा और आप निश्चित ही सफलता के पथ पर अग्रसर होते जाएंगे। प्रायः लोग तथाकथित वैज्ञानिक मान्यताओं के आधार पर ईश्वर के अस्तित्व का खंडन करते हैं, मगर वे ऐसा करते समय यह भूल जाते हैं कि जिन अद्भुत नियमों, घटनाओं को हमने खोजा है, वे तो प्रकृति में पहले से ही मौजूद थीं। हां, हमने उन्हें खोजा है, उनका पता लगाया है, उन्हें बनाया नहीं है। अभी भी न जाने कितनी आश्चर्यजनक चीजें, नियम प्रकृति में मौजूद हैं, जो हमारी पहुंच से बाहर हैं।

> **ईश्वर की अपने अंदर उपस्थिति का चैतन्य ज्ञान ही विश्वास है।**
>
> ***—महात्मा गांधी***

न्यूटन एक महान वैज्ञानिक थे। विज्ञान जगत उनके योगदान को कभी नहीं भुला सकता। पर उन्हीं न्यूटन ने कहा था कि मैं तो ज्ञान के सागर के किनारे पर कुछ कंकड़ियां बीन रहा हूं। महान वैज्ञानिक आइंस्टीन जिनके द्रव्यमान-ऊर्जा समीकरण ने सारे विश्व में एक क्रांति ला दी, उन्हें भी अंततः ईश्वर के अस्तित्व को स्वीकार करना पड़ा।

निःसंदेह ये लोग महान थे, जिनके अथक परिश्रम के फलस्वरूप मानव जाति को इतना सब कुछ मिला। लेकिन ये चीजें इन लोगों ने खोजी हैं, इन्हें बनाया नहीं।

आज हम हवाई जहाज में उड़ सकते हैं, टेलीफोन पर बात कर सकते हैं, चलचित्र से मनोरंजन कर सकते हैं, इंटरनेट ने तो सारी दुनिया को एक कर दिया है, और न जाने कितनी ही ऐसी खोजें हैं। ऐसी आश्चर्यजनक वस्तुओं का आविष्कार करने वाले निःसंदेह महान थे।

लेकिन वो कौन है, जिसने उन सभी नियमों, सिद्धांतों को पहले से ही बना रखा है, जिनके आधार पर ये वस्तुएं बनाई गईं और इनकी कार्य प्रणाली खोजी गई। कौन है प्रकृति में घटने वाली इतनी आश्चर्यजनक एवं नियमबद्ध घटनाओं का संचालक। सोच के तो देखिए, आपको उत्तर मिलने शुरू हो जाएंगे।

एक व्यक्ति था जॉनसन। वह अत्यधिक मात्रा में मदिरापान, सिगरेट एवं दूसरे व्यसन किया करता था। एक बार वह अत्यंत बीमार पड़ा। उसके शरीर में कई तरह की बीमारियों ने घर बना लिया। उसने कई डॉक्टर को दिखाया, पर सभी ने उसे जवाब दे दिया।

स्वभाव से घोर नास्तिक जॉनसन से अंततः एक डॉक्टर ने उसकी बेचैनी देखकर कहा, "जॉनसन अब तुम्हारा ठीक होना तो मुश्किल है, लेकिन हां, तुम अपने जीवन के शेष दिन चैन से बिता सकते हो। यदि तुम ईश्वर की उपासना करो। जीवन से परेशान जॉनसन ने ऐसा ही किया। जहां डॉक्टर के अनुसार उसे छः महीनों के अंदर मर जाना था, वहीं वह लगभग दो साल जीवित रहा एवं चैन से रहा। ईश्वर की उपासना ने उसे इतना निडर बना दिया कि मृत्यु का भय उसे अधिक परेशान न कर पाया।

आत्मा, परमात्मा के सद्विचार व्यक्ति को अंदर से बेहद मजबूत एवं निर्भय बनाते हैं। ऐसे व्यक्ति के लिए सफलता मुश्किल नहीं रह जाती।

पं. श्रीराम शर्मा आचार्य के शब्दों में, अपने हृदय के द्वार खोलकर परमात्म-शक्ति को उसमें होकर प्रविष्ट होने देना अपने ही हाथों में है। इस विषय में हमको जितना अधिकाधिक विश्वास होता जाएगा, वैसे ही हमें अपने भीतर पहले की अपेक्षा अधिक बल जान पड़ेगा।

यदि हम परमात्मा पर विश्वास रखकर कार्य करते हैं, तो वह भी हमारी सब तरह से सहायता करेगा। इस प्रकार हमको यह अनुभव हो सकेगा कि जो लोग भलाई पसंद करते हैं, उनकी भलाई के लिए संसार की सब वस्तुएं इकट्ठी होकर कार्य करती हैं। उस समय भय एवं संशय चला जाता है एवं उसके स्थान पर श्रद्धा तथा अपनी शक्ति में विश्वास उत्पन्न हो जाता है। उसका यथार्थ उपयोग किया जाए, तो उसके समान और कोई बल संसार में नहीं है। जिसको परमात्मा में विश्वास है, वह हर प्रकार के कष्ट को सहन कर सकता है। ऐसा व्यक्ति श्रद्धा तथा आत्मशक्ति के आधार पर जिस प्रकार मंद सुगंधित वायु का सेवन करके प्रसन्न होता है, उसी प्रकार गंभीरता एवं शांत चित्त से हर तरह के तूफान का सामना भी कर सकता है। जिस मनुष्य को परमात्मा पर पूर्ण विश्वास है और जो ऐसी शांति प्राप्त कर चुका है, वही उसका अनुभव कर सकता है एवं अपने आत्मविश्वास को निम्न शब्दों में प्रकट कर सकता है। कोई भी तूफान मेरी जीवन नौका को प्रतिकूल मार्ग पर ले जाने अथवा मेरे भाग्य प्रवाह को लौटा सकने में समर्थ नहीं हो सकता। जिस प्रकार समुद्र अपने को पहचानता है एवं पर्वत के ऊपर पैदा होने वाले झरने को नदी के रूप में परिवर्तित करके अपनी तरफ आकर्षित करता है, उसी प्रकार पवित्र एवं आनंदयुक्त आत्मा की तरफ शुभ वस्तुएं स्वयं ही आकर्षित होती हैं।

पवित्र विचारों में परमात्मा का वास होता है

बहुत समय पहले एक निर्दयी राजा था। ईर्ष्या, लालच और अहंकार उसमें कूट-कूट कर भरा था, लेकिन वह ईश्वर का बहुत बड़ा उपासक था। सुबह से शाम तक वह ईश वंदना में घंटों लगा रहता था। अकसर वह राजमहल में संतों के विशाल भोज का आयोजन करता। ईश्वर भक्त और आस्तिक के रूप में उसकी ख्याति दूर-दूर तक फैली थी।

एक बार उसके राज्य में भयंकर सूखा पड़ा। प्रजा भूखों मरने लगी। अंततः संतों ने एक विशाल यज्ञ का आयोजन किया। यज्ञ की समाप्ति पर अग्नि कुंड के पास में एक चिराग प्रकट हुआ एवं भविष्यवाणी हुई कि जो व्यक्ति ईश्वर का सच्चा उपासक होगा, वही इस चिराग को प्रज्वलित करेगा एवं तभी बारिश होगी। कई लोग आए एवं निराश होकर वापस हो गए। जो भी अग्नि लेकर चिराग के पास जाता, अग्नि बुझ जाती। अंततः राजा स्वयं पर पूर्ण विश्वास रखते हुए चिराग की ओर चला। संपूर्ण प्रजा कहती थी कि ये चिराग तो हमारे महाराज के लिए ही पृथ्वी पर आया है एवं वही इसे प्रज्वलित करेंगे। उस दिन भारी भीड़ थी। लोग अपने राजा को चिराग जलाते देखने को चले आते थे। पर ज्यों ही राजा ने अग्नि को चिराग की बाती से स्पर्श किया। अग्नि शांत हो गई। राजा शर्मसार हो गया। सभी लोग हतप्रभ थे। कारण

> **आध्यात्मिक शक्ति भौतिक शक्ति से बढ़कर है, विचार ही विश्व पर शासन करते हैं।**
>
> **—इमर्सन**

पूछने पर एक संत ने राजा को बताया, "राजन केवल ईश्वर के भजन से कोई उसका उपासक नहीं हो जाता। ईश्वर के सच्चे उपासक बनना चाहते हो, तो अहंकार, ईर्ष्या, लालच, व्यभिचार जैसे बुरे विचारों से दूर रहो। भोग-विलास त्यागो एवं अपने अंदर पवित्र विचारों का उदय करो। अंतःकरण शुद्ध रखो।"

तब कहीं जाकर राजा की आंखें खुलीं। अंततः संत के बुलाने पर एक गरीब किसान डरते-डरते चिराग तक पहुंचा और चिराग को प्रज्वलित किया। एक घोर गर्जना हुई और बारिश होने लगी। प्रजा की खुशी का ठिकाना न था। वह गरीब किसान अधिक पूजा-अर्चना तो नहीं करता था, लेकिन उसका अंतःकरण स्वच्छ एवं निर्मल था।

कथा हमें संकेत करती है कि पवित्र विचारों में न केवल परमात्मा का वास होता है, बल्कि उनमें सफलता का सच्चा रहस्य भी छिपा होता है। केवल पूजा-अर्चना करने से कोई परमात्मा का प्रिय नहीं बन जाता।

काम क्रोध मद लोभ की, जब लग मन में खान।
तब लग पंडित मूर्खा, दोनों एक समान।।

अर्थात् जब तक आपके मन में काम, क्रोध, मद एवं लोभ के विचार हैं, तब तक किसी विद्वान एवं मूर्ख में कोई भी अंतर नहीं होता।

पवित्र विचार मानव के सबसे बड़े सहायक होते हैं। एक विद्वान ने कहा था कि पवित्र विचार बुरे समय में भी व्यक्ति को सद्मार्ग दिखाते हैं, जबकि बुरे विचार अच्छे समय में भी व्यक्ति का सुख एवं चैन ही छीन लेते हैं और जहरीले डंक मारते रहते हैं। पवित्र विचारों से व्यक्ति में उत्साह का संचरण होता है, आशा की ज्योति प्रज्वलित होती है एवं अंतरात्मा पवित्र रहती है। व्यक्ति में आध्यात्मिक शक्तियों का विकास होता है एवं आत्मविश्वास की शक्ति उसके लिए अंतःप्रेरणा का कार्य करती है। वह निर्भय एवं साहसी बन जाता है। वह हर तरह की विषम परिस्थितियों में भी प्रसन्न रह सकता है।

> **विचार से अधिक ठोस वस्तु ब्रह्माण्ड में नहीं है।**
> ***–इमर्सन***

पवित्र विचारों को मन में रखने से जो सबसे बड़ा लाभ व्यक्ति को होता है, वह यह है कि उस स्थिति में उसका मानसिक संतुलन इतना अच्छा हो जाता है कि वह जो भी सोचता है, विचार करता है, सदैव अच्छे परिणाम ही देते हैं। क्योंकि उत्साहपूर्ण एवं हर्षित मन से किया गया विचार कभी निष्फल नहीं जाता।

आपके विचार जितने अधिक पवित्र होंगे, परमात्मा आपको उतना ही अधिक प्रेम करेगा। आपमें उतनी ही अधिक अलौकिक शक्तियों का विकास होगा।

उपन्यास सम्राट प्रेमचंद को कौन नहीं जानता? उनकी एक चर्चित कहानी है 'मंत्र'। कहानी में एक डॉक्टर चड्ढा हैं, जो वृद्ध भगत के बेटे का इलाज करने से केवल इसलिए इंकार कर देते हैं, क्योंकि इस समय वे गोल्फ खेलने जा रहे होते हैं। भगत का बेटा मर जाता है। समय गुजरता है। डॉक्टर के भी एक ही बेटा है कैलाश। कैलाश को सर्प काट लेता है। वह उसे बचाने का पूरा प्रयास करते हैं, लेकिन आशा की कोई किरण दूर-दूर तक नजर नहीं आती।

इधर यह खबर भगत को जब मिलती है, तो उसे वह दिन याद आ जाता है, जब यह स्वार्थी डॉक्टर उसके बेटे की जान की परवाह न करते हुए खेलने चला गया था। वृद्ध भगत ने आजीवन लोगों की निःस्वार्थ सहायता की थी। मगर उस दिन भी उसका मन जहां चड्ढा की बर्बादी पर खुश होना चाहता था, वहीं अंतर्मन उसे वहां जाकर उसके बेटे को ठीक करने की प्रेरणा देता था। अंततः अंतर्मन की जीत हुई। भगत भागता हुआ चड्ढा के बंगले पर पहुंचा और मौत से जूझ रहे उसके बेटे को स्वस्थ कर दिया।

जो कार्य कई डॉक्टर एवं बड़े-बड़े लोग न कर पाए थे, वही कार्य भगत ने कर दिखाया था। उसके अंदर निःस्वार्थ मदद करने का जो पवित्र विचार था, उसी के फलस्वरूप परमात्मा ने उसके मंत्रों को इतनी शक्ति दी कि विषैले नाग के जहर को उतारने में भगत सफल हो गया।

याद रखिए, सफलता के मार्ग को आसान बनाने के लिए परमात्मा में आस्था आवश्यक है एवं परमात्मा की कृपा का पात्र बनने के लिए मस्तिष्क में पवित्र विचारों का होना। क्योंकि पवित्र विचारों में परमात्मा का वास होता है एवं परमात्मा में आस्था रखने वाले को भला कोई सफल होने से रोक सका है।

वाल्मीकि डाकू थे। दूसरों को लूटकर अपने परिवार का पालन-पोषण करते थे। एक दिन जंगल से कुछ संत गुजरे। वाल्मीकि ने उन्हें भी लूटना चाहा। संतों ने उनसे कहा कि हम अपना सब कुछ तुम्हें देने को तैयार हैं, पर पहले तुम अपने घर पर यह पूछकर आओ कि उनके भरण-पोषण के लिए जो पाप तुम कमा रहे हो,

क्या तुम्हारी मृत्यु के बाद ईश्वर के दरबार में वे सब तुम्हारे पाप में भी हिस्सा बंटाएंगे?

वाल्मीकि घर गए। उन्होंने सभी से पूछा, पर सबका एक ही जवाब था कि पाप तो तुम कमाते हो, तो हम क्यों उसके भागी होंगे।

वाल्मीकि की आंखें खुल गईं। वे दौड़ते हुए संतों के पास आए। उनके पैरों में गिरकर अपने उद्धार का मार्ग पूछने लगे। संतों ने कहा कि तुम 'राम' नाम का जाप करो। ईश्वर तुम्हारा भला करेंगे।

वाल्मीकि अनपढ़ थे। उनसे तो 'राम' भी न कहा जाता था, वे तो सिर्फ मारना-काटना जानते थे। संतों के कहने पर वे मरा, मरा, मरा का जाप करने लगे। डकैती का कुकृत्य छोड़कर उन्होंने पश्चाताप किया। सच्चे मन से ईश्वर को याद करने पर उनमें पवित्र विचारों का उदय हुआ। परमात्मा ने उनकी मदद की। आगे चलकर यही वाल्मीकि 'महर्षि वाल्मीकि' के नाम से विख्यात हुए। उन्होंने 'रामायण' जैसे महाग्रंथ की रचना की।

धर्म-ग्रंथों और अच्छी पुस्तकों से सीख लें

मन को उज्ज्वल एवं पवित्र बनाए रखने के लिए हमारे धर्म-ग्रंथों के शब्द बेहद सहायक हो सकते हैं। सभी धर्मों के महान संस्थापकों ने मानव को जो भी ज्ञान दिया है, उसमें सफलता के बड़े गूढ़ रहस्य छिपे हैं और छिपी हुई है सघन ऊर्जा। इसलिए अच्छे श्लोक या किसी अच्छी पंक्ति का जाप करने से हमारे शरीर के अंदर स्वतः ही कुछ सकारात्मक क्रियाएं घटित होने लगती हैं। ये सकारात्मक परिवर्तन हमें आत्मिक बल एवं बुद्धि प्रदान करते हैं।

आप जितना अधिक अच्छी पुस्तकों का अध्ययन करते हैं, आपका मस्तिष्क उतना ही अधिक क्रियाशील एवं पवित्र हो जाता है। अच्छी पुस्तकें आपके हृदय को प्रभावित करती हैं। प्रसिद्ध विद्वान कैंपिस ने कहा था, आप अपना कोट बेचकर भी अच्छी पुस्तकें खरीदें। कोट के बिना जाड़े में शरीर को कष्ट होगा, किंतु पुस्तकों के बिना तो आत्मा ही भूखी तड़पती रहेगी।

महान व्यक्तियों की यही विशेषता रही कि वे सदैव अच्छी पुस्तकों का अध्ययन करते रहे, जिसके परिणामस्वरूप उनमें पवित्र विचारों का अभाव कभी न रहा। पवित्र विचारों में तो स्वयं परमात्मा निवास करता है। अतः उन्हें सफल

होने से कैसे रोका जा सकता था। वे सभी महानता के सर्वोच्च शिखर पर पहुंचे। उनकी ख्याति आज तक जनसमुदाय में सुशोभित है।

एक बार लोकमान्य तिलक का ऑपरेशन होना था। इसके लिए उन्हें क्लोरोफॉर्म सुंघाकर बेहोश करना था, लेकिन इसके लिए उन्होंने डॉक्टर को मना कर दिया और कहा, "मुझे गीता दे दो, मैं उसे पढ़ता रहूंगा और आप ऑपरेशन कर लेना।" पुस्तक लाई गई। लोकमान्य तिलक उसके अध्ययन में ऐसे लीन हुए कि जब तक डॉक्टरों ने ऑपरेशन किया, तब तक वे तनिक भी नहीं हिले, न कोई दुख ही महसूस किया। सचमुच उन्होंने ठीक ही कहा था कि मुझे नरक में भेज दो, वहां भी मैं स्वर्ग बना लूंगा, यदि मेरे पास अच्छी पुस्तकें हैं।

दूसरों की भलाई सोचिए

खुश रहना है, तो दूसरों को खुशहाली की कामना करना ही ईश्वर की सच्ची प्रार्थना है। जब व्यक्ति ईर्ष्या, द्वेष, अभिमान आदि मनोविकारों से स्वतंत्र होता है, तो उसका मानसिक स्तर स्वतः ही पवित्रता की ओर गतिमान होता है। यह तो सारी दुनिया जानती है कि केवल अपने लिए तो पशु तक नहीं जीते, वे भी अपने बच्चों का यथाशक्ति पालन करते हैं। परोपकार की भावना फलदायी होती है। आत्मा, परमात्मा एवं परोपकार के विचार व्यक्ति को निर्भय, साहसी और शक्तिशाली बनाते हैं। व्यक्ति की यही विशेषताएं उसे सफलता के बेहद करीब लाकर खड़ा कर देती हैं। इसके विपरीत अगर व्यक्ति में स्वार्थ, घृणा, ईर्ष्या, द्वेष आदि के बुरे विचार होते हैं, तो वे उसके आंतरिक संतुलन को छिन्न-भिन्न कर देते हैं। इससे न केवल व्यक्ति की मानसिक शांति भंग होती है, बल्कि कार्यक्षमता भी घटती जाती है। इसी तथ्य को भारतीय ऋषियों ने पहचाना और कामना की—

सर्वे भवंतु सुखिनः सर्वे संतु निरामया।
सर्वे भद्राणि पश्यंतु मा कश्चिद् दुखभाग्भवेत्।।

अर्थात् सभी सुखी हों, सभी निरोगी हों। सारे व्यक्ति देखें एवं किसी को भी दुख न हो।

यही तो वह भाव है, जो कहता है कि सभी से प्रेम करो। किसी से नफरत न करो, जो तुम्हें बुराई दे, तुम उसकी भी भलाई करो। ईश्वर तुम्हारा भला करेगा, तुम्हें प्रेम करेगा। संत कबीर ने समूचे ज्ञान का सार प्रेम बतलाया है—

ढाई आखर प्रेम का पढ़े सो पंडित होय।।

और रहीम ने सचेत किया है–

रहिमन धागा प्रेम का, मत तोरेउ चटकाय।
टूटे से फिर ना जुरै, जुरै गांठ परि जाय।।

अर्थात् प्रेम के धागे को कभी इस प्रकार मत तोड़िए, जिससे सामने वाले के हृदय पर गहरा आघात पहुंचे। क्योंकि प्रेम का धागा एक बार टूटने पर फिर जुड़ता नहीं है और यदि जुड़ भी जाए, तो गांठ पड़ जाती है। लोक में भी यह उक्ति प्रचलित है कि जो घाव गोली से बनता है, वो तो भर जाता है, लेकिन कठोर शब्दों एवं बुरे व्यवहार से भरा घाव आसानी से नहीं भरता। यदि भर भी जाता है, तो हमेशा के लिए अपना निशान छोड़ जाता है।

आप जितना दूसरों से प्रेम करेंगे, उनकी खुशहाली की कामना करेंगे, जीवन में आप उतने ही अधिक सफल होते जाएंगे।

विश्व प्रसिद्ध लेखक स्वेट मार्डेन को कौन नहीं जानता। उन्होंने सदैव मानवोपयोगी साहित्य की रचना की। उनके जीवन में एक समय ऐसा भी आया, जबकि वे बेहद कठिन परिस्थितियों में जकड़े गए। वे प्रेम में असफल हुए एवं कई तरह की मुसीबतों ने उन्हें परेशान किया, पर फिर भी उन्होंने सभी की भलाई में कार्य करने की उत्सुकता दिखाई। आज उन्हें सारी दुनिया जानती है, क्योंकि वे आशा और प्रेम के सहारे सफलता के अत्यंत ऊंचे सोपान पर जा खड़े हुए।

प्रार्थना में है अद्भुत शक्ति

एक विद्वान ने कहा है कि ईश्वर भी उन्हीं की मदद करता है, जो स्वयं अपनी मदद करते हैं। उनके इन शब्दों में संदेह का कोई स्थान नहीं है, लेकिन कभी-कभी जब कोई भी रास्ता नजर न आए, तब उन क्षणों में भी ईश्वर से की गई प्रार्थना महान फलदायक होती है। क्योंकि वह बहुत दयालु है, सभी की सुनता है, सभी के दुख दूर करता है। सच्चे मन से ईश्वर से की गई प्रार्थना कभी निष्फल नहीं जाती।

याद रखिए, जब आपको कोई रास्ता न नजर आए, तो एक रास्ता सदैव खुला रहता है और वह है ईश्वर की ओर जाने का रास्ता। ईश्वर हर समय सबकी मदद करने को तैयार रहता है। उसके दरबार में कोई अमीर नहीं है, कोई गरीब नहीं है।

वह अपनी सभी रचनाओं से प्रेम करता है। सच्चे मन से की गई प्रार्थना का सुफल भी अवश्य देता है। इतिहास में न जाने ऐसी कितनी घटनाएं घटी हैं।

एक बार बाबर का बेटा हुमायूं बीमार पड़ गया। हकीमों की सभी कोशिशों के बाद भी उसकी हालत बिगड़ती ही जाती थी। अंततः वैद्यों ने भी जवाब दे दिया। सभी कहने लगे कि अब हुमायूं को दवा नहीं, दुआ ही ठीक कर सकती है।

बाबर ने हुमायूं के पलंग के चक्कर लगाए एवं सच्चे मन से खुदा से दुआ की और कहा, "या अल्लाह! मेरा बेटा ठीक हो जाए और उसकी बीमारी मुझे मिल जाए।" ऐसा ही हुआ। हुमायूं ठीक होता गया, बाबर बीमार पड़ गया और कहते हैं कि इसी बीमारी के कारण ही बाबर की मृत्यु हो गई।

निश्चित ही सच्चे मन से ईश्वर से की गई प्रार्थना असंभव कार्य को भी संभव बना देती है।

आइए, हम सफलता पाने के इन महान सिद्धांतों पर एक बार पुनः विचार करें :

- परमात्मा की सत्ता में विश्वास कीजिए, उससे डरिए। यदि आप उससे डरेंगे, तो स्वतः ही बुरे कर्मों से दूर हो जाएंगे।
- मस्तिष्क में पवित्र विचारों को स्थान दीजिए, अच्छा सोचिए, अच्छा कीजिए। यह सफलता पाने का महामंत्र है।
- परोपकार की भावना मनुष्य को अद्भुत शक्तियां प्रदान करती है।
- पवित्र विचारों में स्वयं परमात्मा विद्यमान है।
- अच्छा साहित्य पढ़िए और अच्छे लोगों की संगत कीजिए। यही अच्छे विचारों के सच्चे स्रोत हैं।

आत्मविश्वास सफलता की कुंजी

इनसान कभी भी परिस्थितियों का गुलाम नहीं होता, परिस्थितियां इनसान की गुलाम होती हैं, लेकिन परिस्थितियां उन्हीं लोगों की गुलाम होती हैं, जिनमें आत्मविश्वास कूट-कूटकर भरा होता है। जो लोग स्वयं पर विश्वास रखते हैं, परिस्थितियां उन्हें तोड़ नहीं पातीं, बल्कि वे परिस्थितियों को तोड़ देते हैं। याद रखिए, आत्मविश्वास व्यक्ति की सबसे बड़ी शक्ति होती है। चुंबक को लोहे के पास ले जाने पर चुंबक लोहे को आकर्षित करता है। ठीक इसी प्रकार आत्मविश्वासी व्यक्ति को सफलता स्वयमेव आकर्षित करती है। दुनिया का कोई भी कार्य कठिन नहीं है। बस, आवश्यकता है स्वयं पर पूर्ण विश्वास रखते हुए उसकी ओर बढ़ने की। पवित्र ग्रंथ रामचरित मानस में गोस्वामी तुलसीदास जी ने स्पष्ट लिखा है :

> **प्रतिभा, क्षमता होते हुए भी उसे अभिव्यक्त होने में हर तरह की परिस्थितियों से गुजरना पड़ता है। जो लोग धैर्य, लगन एवं आत्मविश्वास रखते हैं, संसार उन्हीं की प्रतिभाओं का लाभ ले पाता है।**
>
> *–स्वामी विवेकानंद*

कौन सो काज कठिन जग माहीं, जो नहिं होय तात तुम नाहीं।

अर्थात् इस संसार में ऐसा कौन-सा कार्य है, जो तुम नहीं कर सकते। कोई भी कार्य कठिन नहीं होता। परिश्रम करने से तो सभी कुछ आसान हो जाता है।

आप स्वयं पर पूर्ण विश्वास रखिए, अपनी शक्तियों को पहचानिए एवं जान लीजिए कि संसार का कोई भी लक्ष्य आत्मविश्वास की शक्ति का सहारा लेकर प्राप्त किया जा सकता है।

उच्च कोटि की रबड़ का निर्माण करने के लिए आज पूरा संसार गुडइयर के नाम को जानता है। क्या आपको यह सच्चाई पता है कि गुडइयर के परिवार वाले भूख से तड़पते थे, यहां तक कि पड़ोसी अकसर उन्हें खाना देते थे। उन्होंने लोगों से मजबूरी में कर्जा लिया। जब वे उसे चुका न पाए, तो उन्हें जेल की

महान आत्मविश्वास से ही महान कार्य किए गए हैं एवं महान खोजें हुई हैं।

–होमर

हवा खानी पड़ी, लेकिन क्या इतनी मुसीबतें उन्हें अपना उद्देश्य पाने से रोक पाईं। उन्हें स्वयं पर विश्वास था कि वे ऐसा करके रहेंगे और उन्होंने किया भी। इतिहास में ऐसे तमाम उदाहरण मौजूद हैं। साधारण व्यक्तियों ने संकल्प, आत्मविश्वास एवं परिश्रम के बल पर अपना जीवन ही परिवर्तित कर लिया। आप भी ऐसा कर सकते हैं। विश्वास कीजिए, सफलता पाने के लिए जिन बातों का होना आवश्यक है, वे सब आपके अंदर ही मौजूद हैं। एक बार संकल्प तो कीजिए। आत्मविश्वास से आगे तो बढ़िए।

'क्यूरी दंपती' ने कई बार असफल होने के बावजूद 'रेडियम' की खोज की। ग्राहमवेल ने टेलीफोन का आविष्कार किया। इलायड हौवे ने सिलाई मशीन बनाई। जेम्स वाट ने केवल केतली का ढक्कन उठते-गिरते देखकर रेल के इंजन का आविष्कार कर डाला। मैकमिलन ने साइकिल का निर्माण किया। न्यूटन ने पेड़ से फल गिरते देखकर 'गति के नियम' खोज डाले। क्या इन लोगों ने ये सब आसानी से कर लिया था?

नहीं, बहुत संघर्ष के बाद इन्हें सफलता मिली थी। रात-रात भर जागे, भूखे रहे, फटे कपड़े पहनकर परिश्रम करते रहे। लोगों ने इन्हें पागल एवं सिरफिरा बोला। घरवालों ने सनकी बोला। लेकिन इन्होंने हार न मानी एवं आज सारा विश्व उनके आविष्कारों का लाभ उठा रहा है। वे यदि महान बने, तो किसके बल पर? आत्मविश्वास, संकल्प एवं अपने अथक परिश्रम के बल पर।

आप याद कीजिए साहसी नाविक कोलंबस के साहस को। वे भारत की खोज में निकले थे। सागर की लहरों से संघर्ष किया। सारे साथी बिछुड़ गए, भूख सहन की, प्यास सहन की। मृत्यु सर पर मंडराती रही, लेकिन विश्वास का दामन न छोड़ा। वे भारत तो न आ पाए, लेकिन अमेरिका खोज डाला।

ऐसे एक-दो नहीं, हजारों-लाखों उदाहरण हैं, जबकि लोगों ने आत्मविश्वास के बल पर अद्‌भुत सफलताएं अर्जित कीं।

अब्राहम लिंकन अमेरिका के महान राष्ट्रपति बने। किसे पता था कि 'लिंकन' नाम का यह चरवाहा एक दिन इतनी ऊंचाइयों पर पहुंचेगा। भारत के राष्ट्रपति डॉ. अब्दुल कलाम के बचपन के संघर्ष को पढ़कर अच्छे-अच्छों का धीरज डोल सकता है, लेकिन वही अब्दुल कलाम न केवल भारत के मिसाइल कार्यक्रम के प्रमुख सूत्रधार बने, बल्कि भारत के राष्ट्रपति जैसे गौरवशाली पद को अपने व्यक्तित्व से सुशोभित कर रहे हैं।

सफलता आपका वरण भी अवश्य करेगी, लेकिन इसके लिए आपको परिश्रम तो करना ही पड़ेगा। संकल्पशक्ति और आत्मविश्वास को भी बढ़ाना होगा।

याद रखिए, जो लोग मुसीबतों से घबरा जाते हैं, कर्म नहीं करते। उनकी किस्मत ही उनका जीवन चलाती है एवं सदैव पतन की ओर ले जाती है। ऐसे लोग ही किस्मत को कोसते हैं। लेकिन जो लोग आत्मविश्वासी एवं परिश्रमी होते हैं, वे अपनी किस्मत का निर्माण स्वयं करते हैं।

स्काटलैंड में एक बालक जन्मा। गरीबी से दुखी इस लड़के ने बचपन में ही एक दिन अपना घर छोड़ दिया। ढेरों मुसीबतें सहन कीं। भूखा रहा, प्यासा रहा, लेकिन विश्वास का दामन न छोड़ा। अंततः वह अमेरिका पहुंचकर एक इस्पात कंपनी में चपरासी हो गया। वह अपने साहब की अलमारी से कोई भी किताब निकाल लेता और उसे पढ़ने लगता। वह इतनी तल्लीनता से पढ़ता कि पुस्तक की अधिकांश बातें एक बार में ही याद हो जातीं। एक दिन मीटिंग थी, कोई प्रश्न आ पड़ा। उसे मैनेजिंग डायरेक्टर तक सुलझाने में असमर्थ थे। वह लड़का पास में ही खड़ा था, उसने एक पुस्तक उठाई एवं बीच में ही शीघ्रता से एक पृष्ठ खोलकर डायरेक्टर के आगे बढ़ा दिया। यही वह उत्तर था, जिसकी खोज हो रही थी। यह लड़का आगे चलकर डेल कार्नेगी के नाम से विख्यात हुआ।

संसार का कोई भी कार्य कठिन नहीं है, यदि आपके मन में आत्मविश्वास है। आप सफलता की इच्छा रखते हैं, तो संकल्प कोजिए एवं पूर्ण विश्वास से आगे बढ़ते रहिए, सफलता आपको अवश्य मिलेगी।

'कागावा' एक महान पुरुष थे। उन्हें जापान का गांधी कहा जाता है। वे लिखते हैं, आप जिस रास्ते पर चल रहे हैं, वह संकरा है और प्रतिकूल परिस्थितियों के तीखे आघात प्रति क्षण आपको परेशान कर रहे हैं, उस समय भी अपना धैर्य मत खोइए। आपके भीतर जो एक चैतन्य शक्ति समाई हुई है, वही आपका प्रकाश, पथ-प्रदर्शक, सुहृद और साथी है। उस पर विश्वास करते हुए आगे बढ़ते चलिए, विपरीत परिस्थितियां आपका कुछ भी न बिगाड़ सकेंगी।

याद रखिए, आपके संकल्प में उतना जीवट है, जितना समुद्र के हाहाकार में। उसके आगे कोई आंधी, कोई तूफान आपकी राह न रोक सकेगा। अंधकार में ही आपको प्रकाश मिलेगा, अकेलेपन में भी आपका साहस स्थिर रहेगा, पर

अपने अडिग विश्वास को न खोइए। आप अवश्य आगे बढ़ेंगे, उन्नति के उच्च शिखर पर चढ़ेंगे। कुछ भी करने का अजस्र स्रोत आपके अंदर छिपा हुआ है। इस शक्ति को जगाने का उपक्रम कीजिए। अपनी क्षमताओं पर विश्वास कीजिए, आपका भविष्य कीर्तिमय होकर आ रहा है।

स्वयं को पहचानें

पवित्र ग्रंथ 'राम चरित मानस' की एक घटना है। भगवान श्रीराम की धर्मपत्नी सीता जी को रावण अपहरण कर ले गया। राम के कहने पर वानर सेना राम के प्रिय भक्त हनुमान के साथ लंका की ओर रवाना हुई। रास्ते में एक विशाल समुद्र ने उनका रास्ता रोक लिया। लंका तक पहुंचने के लिए समुद्र को तो पार करना ही था एवं समुद्र को पार करने के लिए उस पर पुल बनाना आवश्यक था। इस कार्य में समय भी लगना था। भगवान श्रीराम शीघ्रता से सीता जी के पास अपना संदेश पहुंचाना चाहते थे, लेकिन समस्या यह थी कि इतनी जल्दी लंका कौन और कैसे जाए? पवनपुत्र हनुमान ये कार्य कर सकते थे, लेकिन वे अपनी शक्तियां भुला बैठे थे। अंततः जामवंत ने हनुमान को उनका असीमित बल याद दिलाया। पवनपुत्र हनुमान को पहले तो विश्वास न हुआ, लेकिन जब उन्होंने ऐसा विचार कर, कि मैं ऐसा कर सकता हूं, समुद्र पार करने का संकल्प किया, तो, वे एक ही छलांग में समुद्र पार कर भगवान राम का संदेश माता सीता को देने लंका पहुंच गए।

हममें से अधिकांश लोग पवनपुत्र हनुमान की तरह अपना बल भुला बैठते हैं। जबकि सच तो यह है कि हमारे अंतःकरण में ऐसी अद्‌भुत शक्तियों का भंडार छिपा है, जिसे यदि हम पहचान लेते हैं, तो संसार के किसी भी कार्य को कर सकते हैं। यह दुर्भाग्य है कि व्यक्ति स्वयं ही अपनी शक्तियों को नहीं पहचानता। याद रखिए, ईश्वर ने सभी को ये शक्तियां प्रदान की हैं। उसने किसी के साथ अन्याय नहीं किया है। जिस दिन आपने खुद को पहचान लिया, उसी दिन आप असफलता के बंधन से सदैव के लिए मुक्त हो जाएंगे।

एक विद्वान ने कहा था कि प्रतिभाओं का वितरण समान होता है। यह बात बिल्कुल सच है। झुग्गी-झोंपड़ियों में रहने वाले, धूल में सनें, भूख से बिलखते बच्चों में भी कोई महान इनसान, कोई पराक्रमी व्यक्ति छिपा हो सकता है। जिस

दिन उनमें से कोई अपने अंदर छिपे उस इनसान को पहचान लेता है, अब्राहम लिंकन, डॉ. ए. पी. जे. अब्दुल कलाम, लाल बहादुर शास्त्री, नेपोलियन बोनापार्ट और न जाने क्या-क्या बन सकता है। प्रकृति प्रत्येक व्यक्ति को उसकी क्षमताओं का आभास अवश्य कराती रहती है, मगर व्यक्ति आलस्य और प्रमाद के कारण प्रायः उन संकेतों को समझता नहीं है या परिश्रम से डर जाता है। ऐसे ही व्यक्तियों के लिए एक विचारक ने लिखा है :

गरीबी को ईश्वर की इच्छा मानना मन की एक भ्रामक कल्पना है, जो वह आलस्य या प्रमाद के कारण श्रम से बचने के लिए करता है। मन की प्रवृत्ति श्रम से बचने की नहीं है, पर आलस्य एवं प्रमाद उसे इस तरफ भ्रमित करते हैं। गरीबी को दोष देने की आदत के पीछे प्रायः व्यक्ति की श्रम से बचने की, आराम से गुजारा करने की कल्पना रहती है।

अतः अपने अंतःकरण में झांकिए, अपनी सोई हुई शक्तियों को जागृत कीजिए, आलस्य और प्रमाद को दूर भगाइए और अपने लक्ष्य की ओर गतिमान हो जाइए। जितने भी लोगों ने आशातीत सफलताएं अर्जित की हैं, सभी के आपकी ही तरह दो हाथ थे, दो पैर थे, एक मस्तिष्क था। सभी ने वही खाया, जो आपने। कुछ को तो वह भी नसीब न था। उनमें से न जाने कितनों ने असंख्य मुसीबतें सहन की। यहां तक कि कुछ तो पागलों जैसी अवस्था तक पहुंचे, लेकिन उनमें आपसे एक बात अधिक थी कि उन्हें अपनी शक्तियों का ज्ञान था। उनमें आत्मविश्वास था एवं परिस्थितियों को तोड़ देने की अदम्य इच्छाशक्ति थी। यही कारण है कि वे सफल होते गए, जबकि आप सफल नहीं हो सके।

डॉ. ए. पी. जे. अब्दुल कलाम के अनुसार यदि कोई व्यक्ति छोटा स्वप्न देखता है, तो वह गुनाह करता है, अपने जीवन को अर्थहीन बनाता है। क्योंकि हमारा लक्ष्य जितना ऊंचा होगा, उसे पाने के लिए हमारे विचार और प्रयास भी उतने ही ऊंचे होंगे। विचार ही तो आपके पराक्रम को जगाते हैं। तो जाग्रत कीजिए अपने अंदर सुप्त उस महापराक्रमी इनसान को, जो सोया पड़ा है और पहचानिए अपने आपको कि आप बहुत शक्तिशाली हैं एवं जुट जाइए अपने स्वप्न को साकार करने में। यदि आप इतना कर जाते हैं, तो सफलता बाहें पसार कर आपका इंतजार कर रही हैं। आप आगे तो बढ़िए, साहस तो कीजिए।

स्वामी विवेकानंद का कथन है—''असफलताओं की चिंता मत करो। वे बिल्कुल स्वाभाविक हैं, जीवन का सौंदर्य हैं। उनके बिना जीवन क्या होता, जीवन में यदि संघर्ष न रहे, तो जीवित रहना ही व्यर्थ है। इसी संघर्ष में है जीवन का

काव्य। संघर्ष और त्रुटियों की परवाह मत करो। असफलताओं पर ध्यान न दो, ये छोटी-छोटी फिसलने हैं। अपने आदर्श को सामने रखकर हजार बार आगे बढ़ने का प्रयत्न करो। यदि तुम हजार बार भी असफल होते हो, तो एक बार फिर प्रयत्न करो।

भारत के प्रधानमंत्री श्री लालबहादुर शास्त्री के बारे में कौन नहीं जानता? वे भारत के द्वितीय प्रधानमंत्री थे। वे एक बेहद निर्धन परिवार में जन्मे थे। जब वे बचपन में पढ़ने जाया करते थे, तब रास्ते में पड़ने वाली नदी को तैरकर पार करते थे, लेकिन अत्यंत निर्धन परिवार का यही बालक आगे चलकर विश्व के सबसे विशाल लोकतांत्रिक देश का प्रधानमंत्री बना।

इतिहास गवाह है कि न जाने कितने महान दार्शनिक, महान वैज्ञानिक, महान लेखक, महान ईश्वरीय अवतारों, विचारकों को तत्कालीन समाज ने मूर्ख कहा। उनकी खिल्ली उड़ाई, लेकिन उनके अंदर आत्मविश्वास की शक्ति थी। आज वही समाज श्रद्धापूर्वक उनका नाम लेता है। उपन्यास सम्राट मुंशी प्रेमंचद आज लेखन के क्षेत्र में एक किंवदंती बन चुके हैं। उनके जन्म के समय उनकी मां का देहांत हुआ, चौदह वर्ष की अवस्था में पिताजी का देहांत हुआ। स्वयं पढ़े एवं अपने पैरों पर खड़े हुए। उन्होंने संघर्ष किया, अपनी शक्तियां पहचानीं और विश्व प्रसिद्ध लेखक बने।

विश्वास कीजिए, महान इनसान कोई जन्म से नहीं होता, बल्कि इसी संसार में, इन्हीं कठिन परिस्थितियों से संघर्ष करके वे महान बनते हैं, सफल होते हैं। आप भी बन सकते हैं, बस स्वयं को पहचानिए।

भयमुक्त मानसिकता

भय मानवीय चेतना का एक ऐसा अहसास है, जो उसे सफलता से कोसों दूर लाकर खड़ा कर देता है। भयभीत व्यक्ति अपनी संपूर्ण क्षमताओं से कार्य नहीं कर पाता। ऐसे लोगों में आत्मविश्वास नहीं होता। वे सदैव इस तरह की बातें सोचते रहते हैं कि यदि ऐसा हो गया, तो फिर क्या होगा? या ऐसा नहीं हुआ, तो फिर क्या होगा? ऐसी स्थिति में व्यक्ति यह निर्णय ही नहीं ले पाता कि उसे क्या करना है? वह कर्म करने से घबराता है और यदि करता भी है, तो वह अपनी सर्वश्रेष्ठ क्षमताओं का उपयोग इसलिए नहीं कर पाता, क्योंकि उसमें आत्मविश्वास का अभाव होता है।

एक समय जंगल की एक कुटी में, एक महात्मा एवं उनके कई शिष्य रहा करते थे। पड़ोस के ग्राम में एक प्रतियोगिता होने जा रही थी, जिसमें प्रतिभागी को 100 मीटर लंबी रस्सी पर चलकर दिखाना था। महात्मा ने भी अपने शिष्यों को अभ्यास कराना प्रारंभ किया। उनमें से गोकुल नाम का लड़का शीघ्रता से सीख गया। वह आसानी से 100 मीटर लंबी रस्सी पर चलने लगा। महात्मा ने प्रतियोगिता वाले दिन सुबह उसे गुरु मंत्र दिया एवं कहा, ''गोकुल वहां देखने वालों की विशाल भीड़ होगी, पर तुम्हें घबराना नहीं है, बिना किसी भय के, पूर्ण आत्मविश्वास से अपना कार्य करना है। याद रखो, जितने भी प्रतिभागी होंगे, सभी तैयारी से ही आएंगे। लेकिन जो उस समय उत्कृष्ट मनोदशा से अपना कार्य करेगा, विजयी वही होगा। यह तुम्हारी दोहरी परीक्षा की घड़ी है—अभ्यास से अर्जित योग्यता की एवं तुम्हारी मानसिक चेतना की।

महात्मा सहित सभी को यह विश्वास था कि गोकुल विजयी होकर ही वापस आएगा, क्योंकि इस विद्या में वह पूर्ण पारंगत हो गया था। लेकिन प्रतियोगिता में वह बीच रास्ते में ही रस्सी से गिर गया।

महात्मा ने पूछा, ''गोकुल तुम रस्सी पर चलते समय क्या सोचते थे?''

''गुरु जी मैं सोच रहा था कि कहीं गिर गया तो?''

हममें से अधिकांश के पास योग्यताओं का भंडार तो है, लेकिन हमारा भय रूपी दानव हमारे आत्मविश्वास रूपी मोती को निगले हुए है। कर्म करने से पहले हम इस दुविधा में पड़े हुए हैं कि इसका परिणाम क्या होगा? इस भय के कई रूप हो सकते हैं, कई कारण हो सकते हैं। आइए, भय के कुछ कारणों पर विचार करते हैं।

बाहरी कारणों से उत्पन्न भय

कभी-कभी व्यक्ति किसी वस्तु या व्यक्ति विशेष से डरता है, जिसके परिणामस्वरूप वह उसके बारे में विचार करता रहता है एवं भयभीत होता रहता है। इस स्थिति में उसका मस्तिष्क तनावग्रस्त रहता है। उसके मस्तिष्क में एक द्वंद्व चलता रहता है, जिससे न केवल उसकी कार्यक्षमता घट जाती है, बल्कि उसके संपूर्ण व्यक्तित्व का विकास भी नहीं हो पाता। यह सफलता की राह में आने वाली एक बड़ी

बाधा है। ऐसे व्यक्ति को विचार करना चाहिए कि वह किसी वस्तु या व्यक्ति विशेष से क्यों भयभीत है? भय के उन कारणों को दूर करके अपने मार्ग पर आगे बढ़ना चाहिए।

अनपेक्षित परिणामों का भय

किसी कार्य को करने से पहले उसके परिणाम को लेकर भयभीत होना निंदनीय है। आप उस कार्य में असफल होने के बारे में सोच रहे हैं, जो आपने अभी तक किया ही नहीं, तो फिर क्यों अपने जीवन में किसी बड़ी सफलता की इच्छा रखते हैं? ऐसे में तो यदि आपने वह कार्य प्रारंभ भी कर दिया, तो आप उसे पूरे आत्मविश्वास से नहीं कर पाएंगे? बहुत संभव है कि आप उस कार्य को शुरू करने के कुछ समय बाद ही छोड़ बैठें।

दो मित्र थे। दोनों ने योजना बनाई कि शिकार खेलने चलेंगे। उनके बीच तय हुआ कि दो महीने बाद हम मिलेंगे और तब तक हम दोनों को ही बंदूक चलाना सीखना है। इसके बाद हम शिकार खेलने चलेंगे। इतना निश्चित होने के बाद दोनों अपने-अपने घर चले गए।

दो महीने बाद दोनों फिर मिले।

एक ने दूसरे से पूछा, "क्या तुमने बंदूक चलाना सीख ली?"

"हां-हां, क्यों नहीं? मैं तो अब अधिकारपूर्वक यह निशाना लगा सकता हूं। और तुम, तुम भी तो सीख गए होगे?"

"अरे कहां यार, मैंने तो चोट लगने के डर से अभी तक बंदूक को हाथ भी नहीं लगाया।" दूसरे का जवाब था।

हममें से कई लोग इसी दूसरे मित्र की तरह हो जाते हैं। माना कि आसान तो कुछ नहीं, लेकिन असंभव भी नहीं। असंभव नाम का शब्द इस संसार में तब तक नहीं, जब तक आप में पहले मित्र की तरह लगन और साहस है।

आंतरिक कारणों से उत्पन्न भय

प्रत्येक कार्य जिसको करने की इच्छा करने पर अंतर्मन से स्वतः ही एक विरोधी विचार उठता है, आंतरिक भय का कारण बनता है। कहा गया है कि जहां बुराई होती है, वहां भय भी अवश्य होता है।

आपने महसूस किया होगा कि अंतर्मन गलत कहे जाने वाले कार्यों के लिए

इजाजत नहीं देता। आप मन-ही-मन भयभीत होने लगते हैं, आपका मानसिक संतुलन ठीक नहीं रह पाता। फिर आप सफलता की उम्मीद आसानी से कैसे कर सकते हैं?

एक राजा ने एक बार घोषणा की कि वह अपनी बेटी की शादी उसी राजकुमार से करेगा, जो सबसे अच्छी वस्तु उसके लिए चुराकर लाए, मगर उसे चोरी करते समय कोई देखे नहीं। चार राजकुमार विवाह की इच्छा से आए एवं राजा की शर्त पूरी करने चल दिए।

कुछ दिनों बाद तीन राजकुमार वापस लौटे। वे अपने साथ अच्छी-अच्छी वस्तुएं चुराकर लाए थे एवं उनका दावा था कि उन्हें किसी ने नहीं देखा। फिलहाल राजा अंतिम राजकुमार का इंतजार करने लगा।

वह कई दिनों बाद जब वापस लौटा, तो खाली हाथ था। राजा ने उससे पूछा कि क्या तुम कोई भी वस्तु नहीं चुरा पाए। उसका जवाब था, "महाराज मुझे ऐसा कोई स्थान न मिला, जहां मुझे कोई न देखता हो।" कम-से-कम मैं तो स्वयं को देख ही रहा था, ईश्वर तो मुझे देख ही रहा था, इसलिए मैं कुछ भी न चुरा सका।

राजा ने अपनी बेटी की शादी इसी अंतिम राजकुमार से कर दी।

आपका अंतर्मन सदैव आपकी निगरानी करता है, सदैव बुरे कर्मों से दूर रहने की प्रेरणा देता है। जो व्यक्ति अपनी अंतरात्मा की आवाज पर ध्यान न देकर बुरे कार्य करता है, वह स्वयं में ही भयभीत रहता है। भय मानवीय चेतना पर लगे एक कोढ़ के समान है। क्योंकि जहां भय है, वहां बुराई अवश्य है, इसलिए इस कोढ़ से बचने के लिए सदैव अपनी अंतरात्मा की आवाज सुनिए। वह आपके अंदर छिपा परम तत्व है, ईश्वर है, उससे डरिए।

सफलता पाने के लिए आवश्यक है कि आपकी मानसिकता भयमुक्त और स्थिर हो, जिससे कि आप पूरी क्षम्ताओं और आत्मविश्वास से अपना कार्य कर सकें। जब व्यक्ति पूरी निर्भयता से कार्य करता है, तो उसके लिए कुछ भी असंभव नहीं रहता।

आइए एक बार फिर हम सफलता पाने के इन महान सिद्धांतों पर विचार करें :

- पहले निश्चित कीजिए कि जो कार्य आप करने जा रहे हैं, क्या वह नैतिक रूप से उचित है।
- कार्य को पूरा करने में कितना समय, शक्ति और संसाधन लगा सकते हैं? क्या इन्हें आप जुटा सक्ते हैं? आपको अपनी शक्ति पर भरोसा है? आप परिणाम आने तक धैर्य रख सकते हैं?
- कार्य के परिणाम के प्रति आपको किसी प्रकार का भय तो नहीं?
- आपके विचार से कार्य का परिणाम कितना लाभकारी होगा?
- कार्य में क्या-क्या अड़चनें आ सकती हैं और उन्हें आप किस प्रकार दूर करेंगे।
- भली प्रकार लाभ-हानि का विचार करने के बाद ही कार्य आरंभ करना ही विवेकशीलता है।
- कार्य को आरंभ करने के बाद बार-बार परिणाम पर न सोचें।
- कार्य को पूजा समझकर पूरी श्रद्धा और समर्थन के साथ इसे पूरा करें।
- कार्य को बीच में छोड़ने की बात कभी न सोचें?

विचार की शक्ति

मनुष्य एक विचारशील प्राणी है। कोई भी कार्य करने से पहले वह उसे करने का विचार करता है।

वैज्ञानिकों ने यह सिद्ध कर दिया है कि केवल मानव मस्तिष्क ही विचार नहीं करता, बल्कि उसके शरीर का एक-एक अंग, एक-एक कोशिका भी चिंतन-मनन करती है। क्या आपने कभी अनुभव किया है कि यदि आपके सामने आपका कोई परिचित आ जाए, तो आप खिल उठते हैं। आपके शरीर की भाषा ही बदल जाती है। जबकि आपके सामने किसी ऐसे व्यक्ति के आने पर, जिसे आप देखना भी न चाहते हों, आप स्वयं को असहज महसूस करने लगते हैं। इस बार भी आपके शरीर की भाषा बदल जाती है। यानी कि अच्छे विचारों का परिणाम हमेशा अच्छा होता है, जबकि बुरे एवं अप्रासंगिक विचारों का परिणाम हमेशा बुरा ही होता है। जो व्यक्ति निराशावादी है, वह असफलता के उतना ही नजदीक आ जाता है। जबकि आशावादी दृष्टिकोण वाले व्यक्तियों के कार्य करने का ढंग इतना अनूठा हो जाता है कि सफलता उनके पास अपने ही पैरों पर चलकर आती है।

> **तुम्हें अपने मस्तिष्क को शांति, साहस एवं आशा के विचारों से परिपूर्ण कर लेना चाहिए, क्योंकि जैसा सोचते हो, वैसे ही बन जाते हो।**
>
> ***–स्वामी विवेकानंद***

विचार और व्यक्तित्व का बड़ा घनिष्ठ संबंध है। कोई भी व्यक्ति वैसा ही विचार करता है, जैसा उसका व्यक्तित्व और दृष्टिकोण होता है। वह वैसे ही कार्य करता है एवं उसकी क्षमताएं भी उसी दायरे में सीमित हो जाती हैं।

सोहन एवं मोहन दोनों मित्र थे। सोहन जहां गरीब परिवार से था, वहीं मोहन एक धनी परिवार से था। एक दिन दोनों अपने आने वाले भविष्य की चर्चा कर रहे थे। अचानक मोहन कहता है

कि यदि ईश्वर तुम्हारे सामने आकर तुमसे कहे कि सोहन जितना रुपया मांगना चाहो, मांग सकते हो।'' तो तुम कितना रुपया मांगोगे।

सोहन ने कहा, ''मैं ईश्वर से पचास लाख रुपया मांगूंगा।''

मोहन कहता है, ''पचास लाख से क्या होता है यार। जैसा घर मैं बनवाना चाहता हू, पांच करोड़ तो मुझे उसके लिए ही चाहिए।''

मोहन एवं सोहन दोनों ही ठीक बोले थे, क्योंकि सोहन गरीब परिवार से था, इसलिए उसके लिए पचास लाख रुपया उसकी जरूरतों की चरम सीमा था, जबकि मोहन के साथ ऐसा नहीं था। ठीक यही सिद्धांत हमारे दृष्टिकोण के लिए भी कार्य करता है। हम जैसा विचार करते हैं, हमारी क्षमताएं उसी दायरे में सीमित हो जाती हैं। यदि आप वास्तव में किसी बड़ी सफलता को पाना चाहते हैं, तो मन में उत्साहपूर्ण बातों का विचार कीजिए। सच तो यह है कि विचार मनुष्य के पास संसार की सबसे बड़ी शक्ति है एवं इसका सदुपयोग ही सफलता पाने का मूल मंत्र। संसार में जितने भी महान व्यक्ति हुए हैं, सभी विचारों से महान हुए हैं और इसलिए वे सभी अपने जीवन में अद्भुत सफलता के दर्शन कर पाए।

> **विचार करना ही मानव की प्रगति का आधार है।**
> ***—नेपोलियन बोनापार्ट***

आज मानव कहां से कहां तक पहुंच गया है। यहां तक कि अंतरिक्ष में भी मानव ने अपनी उपस्थिति दर्ज कराई है। तरह-तरह के नए आविष्कार हुए हैं। सोचिए, अंतरिक्ष पर जाने से पहले या कोई नया आविष्कार करने से पहले, क्या किसी ने ऐसा करने का विचार न किया होगा? यदि ऐसा न होता, तो क्या यह सब संभव हो पाता। विचार मानव के पास एक ऐसी शक्ति है, जो उसे बड़े-से-बड़े लक्ष्य भी प्राप्त करा सकती है। आप उत्साहपूर्ण एवं अच्छे विचार मन में लाइए एवं इस शक्ति का सदुपयोग अपने उत्थान के लिए कीजिए।

कुछ शताब्दियों पहले किसने सोचा था कि मानव भी कभी आसमान में उड़ेगा? जिन राइट ब्रदर्स के मस्तिष्क में सर्वप्रथम इस कल्पना ने जन्म लिया, लोगों ने उस समय उनकी खिल्ली उड़ाई, बेवकूफ कहा। अंततः राइट ब्रदर्स ने सभी आलोचनाओं को दरकिनार करते हुए यह संभव कर दिखाया। मानव ने आदिम युग से लेकर आज तक जितनी भी प्रगति की है, जितनी भी वस्तुओं, मशीनों का आविष्कार किया है, सभी मानव के विचार करने की फलदायक शक्ति का परिणाम है।

जल तरंगों पर ध्यान दीजिए

सरोवर के शांत जल में कोई वस्तु तैर रही है। आप छोटा-सा एक पत्थर उठाइए और जल में फेंक दीजिए। आप पाएंगे कि जल में चारों तरफ कुछ तरंगें उत्पन्न हो जाती हैं, जो एक विक्षोभ के रूप में चलती हुई तेजी से किनारों की ओर गतिमान हो जाती हैं एवं अंत में शांत हो जाती हैं। जल एक बार पुनः पूर्व अवस्था में आकर शांत हो जाता है।

आपको क्या लगता है? क्या जल की पूर्व अवस्था में कोई परिवर्तन नहीं आया? प्रथम दृष्टया तो ऐसा अनुभव होता है कि कोई परिवर्तन नहीं आया। जल तो पहले भी शांत था और अब भी शांत है। मगर गौर से देखिए, तरंगों के धक्के से उस वस्तु का स्थान अपने प्रारंभिक स्थान से बदल चुका है। ठीक इसी प्रकार का सिद्धांत हमारे मन-मस्तिष्क की शक्तियों पर लागू होता है। इस प्रक्रिया से आप नकारात्मक और सकारात्मक विचारों को मस्तिष्क की सतह से हटाने में प्रयोग कर सकते हैं। यदि आप नकारात्मक विचारों को दूर कर सकें, तो आपके अंदर निश्चित ही सकारात्मक परिवर्तन होंगे और एक दिन यही परिवर्तन आपको अंदर से इतना मजबूत कर देंगे कि सफलता हमारे बाएं हाथ का खेल होगी।

मन के जीते जीत है, मन के हारे हार

बहुत से ऐसे लोग होते हैं, जो सब कुछ होते हुए भी शीघ्र ही मन से हार मान बैठते हैं, जिसका परिणाम यह होता है कि वे अपनी क्षमताओं को जागृत नहीं कर पाते और असफल होते रहते हैं, जबकि कुछ लोग सुविधाएं न होते हुए भी बार-बार असफल होने पर भी मन से नहीं हारते। वे लगातार संघर्ष करते हैं। उनके अंदर का सिंहत्व जाग उठता है और अपने पुरुषार्थ के बल पर सफलता को प्राप्त करके रहते हैं।

याद रखिए, मन में जैसा सोचते हैं, उसका असर आपके कार्यों पर पड़ता है। यदि आप जीवन की महत्वपूर्ण गतिविधियों में परिवर्तन करना चाहते हैं, तो पत्ते-पत्ते पर मत भटको, जड़ को तलाश करो। मन ही जीवन की संपूर्ण आकांक्षाओं एवं सुखों का आधार है, अतः मन को दृढ़ और शक्तिशाली बनाओ। आपकी राह में चाहे कितनी भी मुसीबतें आएं, लेकिन सदैव सकारात्मक सोचिए। मन से कभी हार स्वीकार न कीजिए।

याद रखिए, जो व्यक्ति मन से पराजय नहीं मानते, वे मानसिक रूप से इतने मजबूत हो जाते हैं कि कोई भी असफलता उन्हें निराश नहीं कर पाती।

क्या हुआ कि आज आपको सफतता न मिल सकी, लेकिन इसका मतलब यह तो नहीं कि थककर बैठ जाएं।

थककर बैठ गए क्यों भाई, मंजिल दूर नहीं है।

–रामधारी सिंह 'दिनकर'

ठीक ही तो है, जब आप स्वयं ही थककर बैठ जाएंगे, तो मंजिल पाने की बात कैसे सोच सकते हैं?

स्वयं पर शासन करें

एक महान पुरुष का कथन है, जो स्वयं को अपना गुलाम नहीं बना पाता, वह हमेशा दूसरों का गुलाम बनकर रहता है।

ईश्वर ने मानव को इस धरती पर सबसे आश्चर्यजनक एवं बुद्धिमान रचना के रूप में जन्म दिया है, साथ ही वह सभी कुछ दिया है, जो स्वतंत्र एवं गौरवशाली अस्तित्व बनाने के लिए आवश्यक होता है। उसने हमें मन प्रदान किया है, जो अपनी इच्छाएं व्यक्त करता है। मस्तिष्क प्रदान किया है, जिसकी संवेदनशीलता का उपयोग करके हम अपने मन पर अंकुश लगा सकते हैं, अपनी विचारधारा को रचनात्मक दिशा में मोड़ सकने और मन की चंचलता पर अंकुश लगाने के लिए दृढ़ इच्छाशक्ति दी है। जो लोग इसे जगा लेते हैं, वे मन के अनुरूप सफलता पा लेते हैं और जो इन वरदानों की उपेक्षा कर देते हैं, वे मन के गुलाम बनकर रह जाते हैं। ऐसे लोगों को सफलता पाना आसान नहीं होता।

दृढ़ इच्छाशक्ति व्यक्ति के पास सबसे अनमोल खजाना है एवं इसे सहेजकर रखना आसान नहीं होता। इसके लिए प्रयत्न की आवश्यकता होती है, स्वयं पर नियंत्रण की आवश्यकता होती है। अद्भुत सफलता की प्राप्ति के लिए मानव का अपने मन पर नियंत्रण रखना अत्यंत आवश्यक है। साधना का मूल मन का नियंत्रण ही है।

स्वामी रामकृष्ण परमहंस एक ऐसे महान व्यक्ति थे, जिन्होंने अपने मन पर एवं अपनी समस्त इंद्रियों पर पूर्ण विजय प्राप्त कर ली थी। एक बार वे बाजार में टहल रहे थे। उन्होंने एक हलवाई की दुकान पर जलेबी बनते हुए देखी। उनके मन में एक तीव्र इच्छा जागृत हुई कि जलेबियां खाई जाएं, पर उनके पास अधिक पैसे न

थे। उन्होंने अपनी तरफ से पर्याप्त प्रयास किया, लेकिन वे स्वयं को न रोक पाए। अंततः उन्होंने जलेबियां खरीदकर खाईं, पर जलेबियां खाने के बाद वे अपनी जीभ को कोसने लगे और बाद में उसे सजा देने के लिए उन्होंने जान-बूझकर गोबर खाया।

स्वामी रामकृष्ण परमहंस एक महान पुरुष थे। एक आम व्यक्ति के लिए यह सब कर पाना बेहद मुश्किल है, लेकिन हम अपनी इंद्रियों पर कम-से-कम इतना नियंत्रण तो कर ही सकते हैं, जिससे कभी कोई ऐसा कार्य न कर जाएं, जो मन पर बोझ बन जाए और सफलता की राह में बाधक बने।

जो कार्य मानव को संतुष्ट न कर सके एवं जिसके बारे में विचार कर वह स्वयं ही अपने मन में दुखी हो, ऐसा कार्य मानसिक तनाव का कारण बनता है। तनावग्रस्त मानवीय मस्तिष्क उपयोगी विचार नहीं कर पाता और सफलता का रास्ता स्वयमेव लंबा होता जाता है।

इसलिए यह आवश्यक है कि व्यक्ति को स्वयं पर शासन करना चाहिए। इससे न केवल आपके आत्मविश्वास में वृद्धि होगी, बल्कि आप व्यर्थ के कार्यों से दूर रहकर अपनी सफलता के लिए परिश्रम कर सकेंगे।

सफलता का शत्रु है मानसिक तनाव

आजकल मानव के सामने सबसे गंभीर समस्या है मानसिक तनाव का सामना करना।

गरीब हो या अमीर, वृद्ध हो या युवा, पुरुष हो या स्त्री, बड़ी संख्या में लोग मानसिक तनाव से परेशान रहते हैं। इस मशीनी युग में जनसंख्या का एक बड़ा भाग मानसिक तनाव से पीड़ित है।

> **मानसिक तनाव मन की एक भयंकर बीमारी के समान है।**
> *—एक कथन*

यह ठीक है कि विज्ञान का सहारा लेकर हमने आशातीत प्रगति की है। जीवन के प्रत्येक क्षेत्र में विज्ञान की दखलअंदाजी को महसूस किया जा सकता है। मगर साथ ही मशीनीकरण का एक दूसरा पहलू भी है—तेजी से बढ़ते प्रदूषण एवं भागमभाग-भरी जिंदगी में ऐसा कौन व्यक्ति होगा, जो मानसिक तनाव का शिकार न हो?

पारिवारिक स्तर पर संयुक्त परिवार की टूटती प्रथा, मानव का स्वयं को आत्मकेंद्रित कर लेना आदि ऐसे बहुत से कारण हैं, जबकि प्रत्येक व्यक्ति स्वयं को अकेला महसूस करता है, मानसिक तनाव का शिकार बनता है। आज इनसान का जीवन ठीक एक मशीन की तरह हो चुका है, जिसमें चैन एवं विश्राम के दो पल तलाशना आसान नहीं है। ऐसी स्थिति में मानसिक तनाव का होना स्वाभाविक है।

मानसिक तनाव के कारण आज व्यक्ति के सोचने-समझने की शक्ति क्षीण होती जा रही है। कई तरह की बीमारियां उसे जकड़ रही हैं, कार्य क्षमता प्रभावित हो रही है, स्वास्थ्य पर विपरीत असर पड़ रहा है और भी न जाने कितने प्रकार के शारीरिक और मानसिक रोग के कारण व्यक्ति का जीवन दूभर हो रहा है।

आज के सामाजिक, आर्थिक एवं प्राकृतिक परिवेश को देखते हुए यह कहना उचित है कि अधिकांश व्यक्तियों को स्वाभाविक रूप से मानसिक तनाव का सामना

> **मानसिक तनावों ने हज़ारों व्यक्तियों को आत्माघात करने पर मजबूर किया है, पर शारीरिक तनावों ने एक को भी नहीं।**
>
> *—काल्टन*

तो करना ही पड़ता है, लेकिन यदि हम मानसिक तनाव पैदा करने वाले कारणों और परिस्थितियों को समझ लें और उनके अनुरूप अपने बचाव को सुनिश्चित कर लें, तो इस तनाव को टाला जा सकता है।

मानसिक तनाव से बचने का सर्वश्रेष्ठ उपाय मानसिक अनुशासन है। आपका दृष्टिकोण विभिन्न प्रकार की मुसीबतों के प्रति व्यावहारिक होना चाहिए। सबसे पहले तो आपको मानसिक तनाव होने के कारणों के बारे में जानना चाहिए एवं फिर उन्हें दूर करने का प्रयास करना चाहिए।

यदि व्यक्ति को अपनी बीमारी के बारे में पूर्णतया जानकारी हो, तो उसका इलाज बेहद आसान हो जाता है। सच तो यह है कि मानसिक तनाव व्यक्ति के अंतर्मन की एक ऐसी बीमारी है, जो उसे मानसिक स्तर पर ही नहीं, शारीरिक स्तर पर भी पंगु बना देती है और सफलता से कोसों दूर ला खड़ा कर देती है। अतः सबसे पहले हम मानसिक तनाव के कारणों पर विचार करते हैं।

मानसिक तनाव के प्रमुख कारण

- प्रत्येक विचार, जिसके मस्तिष्क में जन्म लेने पर अंतर्मन से स्वतः ही एक विरोधी विचार उठ खड़ा होता है कि नहीं ऐसा करना ठीक नहीं होगा। मानसिक तनाव का कारण बनता है। अतः परस्पर विरोधी विचारों को या तो पैदा ही न होने दें और यदि पैदा हो भी जाएं, तो जल्द-से-जल्द इस अंतर्द्वंद्व को मन से निकाल बाहर करें।
- आप किसी भी व्यक्ति से घृणा न करें, क्योंकि इससे हानि उस व्यक्ति को नहीं है, जिससे आप घृणा करते हैं, बल्कि हानि तो आपको है। किसी भी व्यक्ति से घृणा होने पर आपको उस पर क्रोध आता है और याद रखिए क्रोध व्यक्ति की मानसिक शांति को नष्ट कर देता है।
- ईर्ष्या मानसिक तनाव का एक प्रमुख कारण है, क्योंकि ईर्ष्या करने से आपके मस्तिष्क में उस व्यक्ति के लिए गंदे विचार आते हैं। गंदे विचार न केवल आपकी कार्यक्षमता को प्रभावित करेंगे, बल्कि आप स्वस्थ चिंतन-मनन से वंचित रह जाएंगे।
- असफलता पर निराश न हों। वस्तुतः सफलता एवं असफलता को लेकर

आपका दृष्टिकोण व्यावहारिक होना चाहिए। आपको विचार करना चाहिए कि असफलता का अर्थ यह बिल्कुल नहीं है कि अब जीवन में सारे मार्ग अवरुद्ध हो चुके हैं।

- किसी भी कार्य को प्रारंभ करने से पहले ही उसके नकारात्मक परिणाम को लेकर चिंतित होना मानसिक तनाव का कारण बनता है।
- बीती एवं दुखद घटनाओं को अपने साथ लेकर चलना मानसिक तनाव का एक प्रमुख कारण है। अपने वर्तमान पर विचार कीजिए एवं उसे अच्छा बनाइए, इससे आपके सुखद भविष्य का निर्माण होगा। बुद्धिमानी इसी में है कि आप पुरानी भूतों से शिक्षा लें एवं वर्तमान के एक-एक पल का आनंद लें।
- सभी से प्रेम की भावना रखें।
- ऐसा कोई कार्य न करें, जो आपकी आत्मा पर बोझ बन जाए, क्योंकि मानव अपने स्वभाव के अनुसार मन-ही-मन इस कार्य का विश्लेषण करता है। उसके मन में एक द्वंद्व छिड़ जाता है एवं पश्चाताप की स्थिति में मानसिक तनाव का जन्म होता है।
- आपके विचार जितने अधिक अपवित्र होंगे, आप स्वयं को उतना ही अधिक तनावग्रस्त महसूस करेंगे, क्योंकि मानव कितने भी अधिक गंदे कार्य क्यों न करता हो, लेकिन उसके अंदर कहीं-न-कहीं एक सच्चा इनसान अवश्य छिपा होता है, जो बुराई का विरोध करता रहता है।
- दांपत्य जीवन में पति-पत्नी को अपने-अपने अहम् को छोड़कर प्रेम से रहते हुए समझौतों पर ध्यान केंद्रित करना चाहिए एवं एक दूसरे पर पूर्ण विश्वास रखते हुए जीवन यापन करना चाहिए।
- मन में शंकाएं पालने से कहीं अधिक उचित है, आप उनका तुरंत समाधान करें।
- आप स्वयं को व्यस्त रखिए, क्योंकि खाली दिमाग शैतान का घर होता है, जिसमें बुरे विचार स्वतः ही जन्म लेते रहते हैं।
- अप्रत्याशित दुखद घटनाओं को घटित होने से रोका तो नहीं जा सकता, लेकिन साहस से परिस्थितियों का सामना किया जा सकता है। आप ऐसी परिस्थितियों में अपने विवेक से काम लीजिए, धैर्य का दामन न छोड़िए, क्योंकि वक्त बड़े-से-बड़े घाव को भी भर देता है।
- वाद-विवाद कीजिए, लेकिन फालतू बातों पर वाद-विवाद आपको एवं आपके साथी दोनों को तनावग्रस्त कर देता है।

अपराध बोध एवं हीन भावना से मानसिक तनाव

गलतियां इनसान ही करता है। कहा भी गया है कि इनसान गलतियों का पुतला है, इसलिए आपसे कोई गलती हो जाती है, तो इसे लेकर चिंतित होने की कोई आवश्यकता नहीं है। आप इस गलती को स्वीकार कीजिए और सीख लीजिए कि भविष्य में ऐसा नहीं करना है। इनसान के द्वारा की गई गलतियां अकसर उसे सफलता पाने के सही मार्ग की ओर अग्रसर करती हैं। बस, आवश्यकता इसी बात की है कि उनसे शिक्षा ली जाए, उन्हें दोहराया न जाए एवं उसी शिक्षा को आधार बनाकर अपने लक्ष्य की ओर गतिमान हुआ जाए। अपनी भूल को स्वीकार करने के बाद उससे शिक्षा लेने से न केवल आपकी राह आसान होती है, बल्कि आपके बौद्धिक स्तर का विकास भी होता है।

गलती करने के बाद अपराध-बोध से ग्रस्त हो जाना, आपकी परेशानियां और भी बढ़ा देता है, आप अनायास ही मानसिक तनाव से ग्रस्त हो जाते हैं। आप स्वयं ही अपने लिए मुसीबतें बढ़ा लेते हैं। घृणा, क्रोध और हीनता के विकार आपका जीवन दूभर कर देते हैं। अतः हो चुकी गलती से सीख लेकर भविष्य में उसके बारे में सोचें और स्वयं पर पूरा भरोसा रखते हुए आगे बढ़ते जाइए, सफलता आपके कदम चूमेगी।

कभी-कभी ऐसा होता है कि किसी व्यक्ति विशेष के साथ उसके बचपन में घटी कोई अशोभनीय घटना उसके अवचेतन मन में समा जाती है और वो घटना उसे सदैव परेशान करती है। उसके व्यक्तित्व के विकास का मार्ग अवरुद्ध करती है।

अरुण जब मुझसे पहली बार मिला था, तो बेहद उदास रहता था। न कहीं बाहर जाना, न किसी से अधिक बात करना, न किसी खुशी से मतलब, न किसी गम का प्रभाव।

जब मैं उसके करीब आया, तो पता चला कि वह बचपन से ही डिप्रेशन का शिकार है। भीड़ में जाना उसे अच्छा नहीं लगता। यहां तक कि कभी-कभी तो वह खुद अपने आपसे भी डरता है।

मैंने एक प्रयोग किया, मैं उसे नियमित व्यायाम पर साथ ले जाता और खुशी के अवसरों पर शामिल करता। साथियों की सफलता के उत्साहजनक किस्से सुनाता।

विश्वास कीजिए, कुछ ही दिनों में वह लड़का बिल्कुल बदल

गया। उसके अंदर सो चुकी शक्तियां जागने लगीं और उसके अंदर की वह शक्ति जाग उठी, जिसे वह भुलाए बैठा था।

यही भूल अकसर लोग कर जाते हैं। ऐसी स्थिति में व्यक्ति को अपनी परेशानी के सही कारणों को जानकर उन्हें दूर करने का प्रयास करना चाहिए। यदि आवश्यकता हो, तो किसी मनोचिकित्सक से मिलना चाहिए, क्योंकि जीवन तो लगातार चलने का नाम है। किसी एक घटना विशेष या दूसरे अशोभनीय कारणों को याद करके उस पर अपनी ऊर्जा एवं समय नष्ट करने का नहीं।

घातक है हीन भावना

शारीरिक बनावट, कद, रंग या दुबला होना आदि भी कई लोगों को कुंठित कर देने का प्रमुख कारण बन जाता है। आपने प्रायः सुना होगा, पेपर्स या पत्रिकाओं में पढ़ा होगा कि डॉ. साहब मेरा कद बहुत छोटा है, इसलिए मैं हीन भावना से ग्रस्त हूं, मस्तिष्क तनावग्रस्त रहता है। मैं कुछ भी सही से नहीं कर पाता हूं।

ऐसे लोगों को एक बात भली-भांति समझ लेनी चाहिए कि जीवन का ऐसा कोई भी क्षेत्र नहीं है, जहां हर तरह के व्यक्ति ने अपनी उपस्थिति दर्ज न कराई हो। आपका यह शरीर परमात्मा का दिया हुआ है और वह किसी के साथ अन्याय नहीं करता। आप जैसे भी हैं, जो भी हैं, उसे परमात्मा की कृपा का एक रूप समझिए एवं अपने आप पर पूर्ण विश्वास रखते हुए सफलता की राह पर आगे बढ़िए।

मुझे पश्चिम एक्सप्रेस से दिल्ली आना था। मैं बांद्रा रेलवे स्टेशन के प्लेटफार्म पर बैठा हुआ ट्रेन का इंतजार कर रहा था। अचानक मेरी मुलाकात एक ऐसे व्यक्ति से हुई, जिसके दोनों पैर नहीं थे। वह बैसाखी का सहारा लेकर चलता था। देखने में वह व्यक्ति कोई अधिकारी लगता था। मैं उससे बातें करने लगा। बातों ही बातों में उसने मुझे बताया कि वह एक वकील है एवं अपने एक केस के सिलसिले में मुंबई आया था।

मैंने उससे पूछा, "आपको इतनी लंबी यात्रा में किसी के साथ की आवश्यकता महसूस नहीं होती।"

उसने कहा, "नहीं, मैं अपने सारे कार्य स्वयं ही करने में विश्वास रखता हूं। किसी पर बोझ नहीं बनना चाहता।"

मैंने उससे फिर पूछा, "क्या आपको अपनी इस शारीरिक

अक्षमता की वजह से कभी कुंठा नहीं हुई?"

"हां, प्रारंभ में ऐसा हुआ था, लेकिन मेरे आसपास के लोगों ने मेरा उपहास करने के बजाय मुझे प्रोत्साहित किया। उनकी प्रेरणा पाने के बाद मैंने कठोर परिश्रम किया एवं आज मुझे मेरी वांछित सफलता मिल चुकी है।"

मैं मन ही मन उस साहसी व्यक्ति की प्रशंसा किए बिना न रह सका। मैंने देखा कि ट्रेन के आने के बाद वह अकेला ही बैसाखियों का सहारा लिए अपने कंपार्टमेंट की तलाश में निकल पड़ा था।

मैं इस निष्कर्ष पर पहुंच चुका था कि शारीरिक अक्षमता व्यक्ति की सफलता में कोई बाधा नहीं डालती।

भौतिक विज्ञान के क्षेत्र में आइन्सटीन के बाद स्टीफेन हॉकिंग का नाम बेहद सम्मान से लिया जाता है। क्या आप उनकी शारीरिक अक्षमताओं के बारे में जानते हैं?

वे बोल नहीं सकते। हाथ नहीं, केवल दो अंगुलियों से कार्य कर सकते हैं। वे चल भी नहीं सकते। उन्हें Moter Neurone Diseaese भी कहा जाता है, लेकिन वे आज भी लगातार परिश्रम करते हुए भौतिक विज्ञान के क्षेत्र में दिन पर दिन ऊंचाइयां हासिल करते जा रहे हैं। उनके द्वारा लिखी हुई पुस्तक A Brief History of Time में उनके संघर्ष के बारे में जानने के बाद आपको कंपकंपी छूट जाएगी, लेकिन सच्चाई यही है कि महान लोग कभी भी हार स्वीकार नहीं करते। आज ब्रह्मांड को लेकर इंग्लैंड के ही गणितज्ञ Roger Penerose के साथ दी हुई Big Bang Theory उनकी सफलता का प्रमाण है। इतना ही नहीं, उन्होंने Black Holes के बारे में भी विज्ञान जगत को बहुत मौलिक ज्ञान प्रदान किया है।

नेपोलियन बोनापार्ट को कौन नहीं जानता? क्या आप यह जानते हैं कि उनका कद बहुत छोटा था?

भारतीय क्रिकेट के सुपर स्टार सचिन रमेश तेंदुलकर भी छोटे कद के हैं, वहीं बॉलीवुड में अभिनय के क्षेत्र में एक किंवदंती बन चुके सुपर स्टार अमिताभ बच्चन अप्रत्याशित रूप से लंबे हैं।

वस्तुतः शारीरिक बनावट सफलता के मार्ग में रोड़ा नहीं बन सकती। फिर आप अपनी शारीरिक बनावट को लेकर हीन भावना का शिकार क्यों होते हैं। क्यों तनावग्रस्त रहना चाहते हैं। इस हीनता को त्यागिए और कुछ कर दिखाने के लिए आज ही कदम आगे बढ़ाइए।

मानसिक तनाव से बचने के व्यावहारिक उपाय

मानव जीवन अनिश्चित होता है। एक व्यक्ति के साथ कब, क्या घटित हो जाए? नहीं कहा जा सकता। कभी-कभी ऐसी परिस्थितियां भी आ जाती हैं, जबकि व्यक्ति के सामने मानसिक तनाव का सामना करने के अलावा कोई दूसरा रास्ता ही नहीं रह जाता। कारण कोई भी हो, लेकिन मानसिक तनाव न केवल असफलता का वाहक बनता है, बल्कि दूसरी कई बीमारियों की वजह भी। इससे बचने के लिए कुछ व्यावहारिक उपाय बेहद कारगर सिद्ध हुए हैं।

गायत्री मंत्र का उच्चारण

गायत्री मंत्र का जाप करना मानसिक तनाव से बचने का एक श्रेष्ठ माध्यम है। आज के इस दौर में हजारों, लाखों लोगों ने इस कल्याणकारी मंत्र का सहारा लेकर मानसिक शांति की प्राप्ति की है, तनाव को दूर भगाया है। कुछ विद्वानों के विचार देखिए :

- *गायत्री मंत्र का निरंतर जप रोगियों को अच्छा करने और आत्मा की उन्नति के लिए उपयोगी है। गायत्री मंत्र का स्थिर चित्त और शांत हृदय से किया हुआ जप आपत्तिकाल के संकटों को दूर करने का प्रभाव रखता है।*

  –महात्मा गांधी

- *आत्मा प्रकाशित हो, सत् और असत् का विवेक हो, कुमार्ग को छोड़कर श्रेष्ठ मार्ग पर चलने की प्रेरणा मिले। गायत्री मंत्र में यही भावना विद्यमान है।*

  –लोकमान्य तिलक

- *भारतवर्ष को जगाने वाला जो मंत्र है, वह इतना सरल है कि एक श्वास में उसका उच्चारण किया जा सकता है, वह है गायत्री मंत्र। इस पुनीत मंत्र का अभ्यास करने में किसी प्रकार के तार्किक ऊहापोह, किसी प्रकार के मतभेद अथवा किसी प्रकार के बखेड़े की गुंजाइश नहीं है।*

  –रवीन्द्रनाथ ठाकुर

गायत्री मंत्र इस प्रकार है :

ॐ भूर्भुवः स्वः तत्सवितुवरेण्यम् भर्गो देवस्य धीमहि धियो यो नः प्रचोदयात्।

मंत्र जाप को आप किसी धर्म विशेष की दृष्टि से न लें, अपितु ध्वनि के ठोस वैज्ञानिक आधार को समझें। हमारे ऋषियों ने ध्वनि की शक्ति को भली प्रकार समझकर ही मंत्र जाप सुनिश्चित किया। अतः इसके लाभ भी विशुद्ध वैज्ञानिक हैं।

1. लगातार जप करने से ध्वनि के प्रभावोत्पादक चेतन तत्व जहां भी टकराते हैं, वहां चेतनात्मक हलचल उत्पन्न करते हैं। इससे अद्‌भुत क्षमताएं जागृत होने लगती हैं।
2. जप एवं ध्यान के मेल से मानसिक शक्तियां सिमटने लगती हैं। उनका बिखराव बंद हो जाता है।
3. संकट के समय में विपदाओं को हल करने का रास्ता सूझने लगता है।

मौन एवं योग से दूर भागता है मानसिक तनाव

मौन : मौन का अभ्यास करके आप मानसिक तनाव से छुटकारा पा सकते हैं। जब आप मौन होते हैं, तो आपको अद्‌भुत शांति की प्राप्ति होती है। मौन का अभ्यास करने के लिए आप कहीं एकांत की तलाश कीजिए एवं जहां तक संभव हो सके, अपने मन को आत्मकेंद्रित कीजिए और शरीर के सभी अंगों को पूरी तरह शिथिल कर दीजिए। यह विधि मानसिक तनाव हटाने में बेहद कारगर सिद्ध हुई है। कुछ ही दिनों में आप स्वयं को लाभांवित महसूस करेंगे। भौतिक विज्ञान में एक नियम है—Law of Conservation of Energy। इसका अर्थ है कि ब्रह्मांड की समस्त ऊर्जा संरक्षित रहती है। ऊर्जा को न तो उत्पन्न किया जा सकता है और न ही नष्ट किया जा सकता है। ठीक यही सिद्धांत मौन के अभ्यास पर भी लागू होता है। जब कभी भी हम बोलते हैं, तो हमें अपनी कुछ ऊर्जा को व्यय करना पड़ता है, लेकिन यदि हम मौन रहेंगे, तो हमारी वही ऊर्जा नष्ट होने से बच जाएगी। अतः आपको उतना ही बोलना चाहिए, जितना आवश्यक हो। बेकार की बातों पर बहस नहीं करनी चाहिए, क्योंकि कभी-कभी बहस करते समय आप वे शब्द भी बोल जाते हैं, जो आप स्वयं बोलना नहीं चाहते। इससे आपको ग्लानि होती है और आप मानसिक तनाव के शिकार हो जाते हैं। अधिक बोलने से आप में ऊर्जा की कमी आपकी बात को प्रभावहीन भी बनाती जाती है। आपके कहने का उतना प्रभाव सामने वाले पर नहीं पड़ता, जितना कि आप चाहते हैं। इससे आप और अधिक तनावग्रस्त होने लगते हैं।

किसी शायर का एक मशहूर शेर है :

जो अपनी हद से बढ़कर बोलता है
गलत वो शख्स, अकसर बोलता है।।

योग : विश्व के विभिन्न भागों में, बड़े-बड़े बिजनेसमैन एवं सफल लोगों ने भी योग का सहारा लेकर स्वयं को मानसिक तनाव से मुक्त किया है। मानसिक तनाव न केवल असफलता का कारण बनता है, बल्कि कई बीमारियों को भी जन्म देता है। योग मानसिक तनाव से छुटकारा दिलाता है, जिससे मनोविकार जनित शारीरिक और मानसिक व्याधियां स्वतः दूर होने लगती हैं। चिकित्सकों का तो कहना है कि योग का सहारा लेकर हृदय रोग जैसी बीमारियों को भी नियंत्रित किया जा सकता है। अब तो यह बात सिद्ध भी हो चुकी है। इसीलिए कुछ शिक्षण संस्थानों में तो योग सिखाया भी जाता है।

जीवन के शाश्वत सत्य को स्वीकारें

इस तथ्य से कौन परिचित न होगा कि इस दुनिया में सभी कुछ परिवर्तनशील है। जिसने जन्म लिया है, उसे एक दिन मृत्यु भी आनी है। आज इस समय दिन है, तो कुछ समय बाद रात्रि भी होगी और एक बार फिर दिन निकलेगा।

जब सभी कुछ परिवर्तनशील है, तो व्यक्ति के दिन भी हमेशा एक से नहीं रहते। जो आज ऊपर है, वह कभी-न-कभी नीचे भी आता है। ठीक इसी प्रकार व्यक्ति का बुरा समय हमेशा नहीं रहता। यदि आप इस सच्चाई को स्वीकार करके कठिन समय में धैर्य एवं संयम से कार्य करते हैं, तो फिर मानसिक तनाव का कोई कारण नहीं रहता।

ऐसे न करें मानसिक तनाव का सामना

प्रायः देखने में आता है कि जब व्यक्ति मानसिक तनाव में होता है, परेशान होता है, तो वह नशे का सहारा लेता है। उसका तर्क होता है कि नशे का प्रयोग करके कुछ समय के लिए वह मानसिक तनाव से दूर हो जाता है। जबकि यह सच नहीं होता। यह केवल उनका भ्रम होता है। सभी विद्वान मनीषियों ने नशे के सेवन को खतरनाक कहा है। नशे का सेवन करने से व्यक्ति की मानसिक, शारीरिक एवं आध्यात्मिक शक्तियों का विनाश हो जाता है। वह कई तरह की बीमारियों से भी घिर जाता है। उसके सोचने-समझने की शक्ति नष्ट हो जाती है और सच तो यह है कि कठिन परिस्थितियों में नशे का सेवन न केवल मानसिक तनाव

को बढ़ा देता है, बल्कि आपके बुरे दिन भी बढ़ जाते हैं। क्योंकि उस स्थिति में आप अपनी समस्या के हल के लिए सही से विचार नहीं कर पाते।

शराब, बीड़ी, सिगरेट, तंबाकू, चरस, गांजा, हेरोइन न जाने कितने प्रकार के नशे व्यक्ति को अंदर से बिल्कुल खोखला कर देते हैं। जो लोग मदिरा सेवन करते हैं, वे मदिरा नहीं पीते, बल्कि मदिरा उन्हें पीती है।

एक बार यमराज के दरबार में एक विशाल सभा का आयोजन हुआ, जिसमें मानव शरीर को प्रभावित करने के लिए सभी बीमारियां, बुराइयां एवं मनोविकार आए हुए थे। सभी को यह सिद्ध करना था कि सबसे खतरनाक कौन है?

सबसे पहले काम लाल-पीला होता हुआ आया और बोला, "सबसे खतरनाक मैं हूं, मैं मानव के नैतिक पतन का जिम्मेदार बनता हूं, एवं उसे व्यभिचार के लिए मजबूर करता हूं। स्त्री हो या पुरुष, मेरे सामने सभी असहाय हैं।"

तभी चीखता-चिल्लाता हुआ एक रोगी हृदय आया और बोला, "मुझसे खतरनाक कौन हो सकता है? मैं तो मानव की जान ही ले लेता हूं।"

हृदय अपनी जगह छोड़ भी न पाया था कि तभी क्रोध ने आकर उसे धक्का दे दिया और कहने लगा, "मुझसे खतरनाक तो कोई हो ही नहीं सकता, मैं इनसान से वह सब करा लेता हूं, जो वह करना नहीं चाहता।"

इस बार सभा के मध्य में लोभ ने प्रवेश किया और कहा, "मैं सबसे बड़ा हूं और मेरी वजह से ही पृथ्वी पर भाई, भाई का दुश्मन बना है। मानव मेरे वश में होकर गंदे कर्म करता है।"

इसी प्रकार एक-एक करके सारे अवगुण एवं बीमारियां आईं और सभी ने अपनी-अपनी विशेषता बताते हुए स्वयं को दूसरों से खतरनाक बताया।

सबसे अंत में लाल-पीली होती हुई मदिरा की बोतल आई और चीखी, "अरे पाखंडियों, क्या मुझे तुम सब भूल गए? अरे मैं ही तो तुम सबकी जननी हूं। मैं मानव के शरीर, मानसिक शक्तियों, आचरण एवं आध्यात्मिक शक्तियों का विनाश करती हूं एवं मेरी ही वजह से वह अपने धन को नष्ट करता है। अगर मैं न होती,

तो मानव कभी तुम्हारे जाल में न फंसता। शराब की बोतल की ऐसी बातें सुनकर यमराज ने सच्चाई का मूल्यांकन किया और शराब की बोतल को अपने सिंहासन के पास बिठाकर सम्मानित किया।

अतः ध्यान रखें कि यदि आप मानसिक तनाव से छुटकारा पाना चाहते हैं, तो नशे का सहारा कभी मत लीजिए, वरना ये आपका सर्वनाश कर देंगे। मस्तिष्क में उत्साह एवं प्रसन्नता के विचार रखिए, मानसिक तनाव आपके पास भी न आएगा। ऐसा करके आप शीघ्र ही सफलता के अधिकारी बन सकते हैं।

नशे से छुटकारा

आपने लोगों को कहते सुना होगा कि मैं नशा छोड़ने की कोशिश कर रहा हूं। ऐसा कहने वाले स्वयं को ही धोखा देते हैं। वे प्रयास तो करते रहते हैं, लेकिन ईमानदारी से नहीं। नशे को बेहद आसानी से त्यागा जा सकता है। यदि आप अपनी दृढ़ इच्छाशक्ति का प्रयोग करें, तो आपके लिए कुछ भी असंभव नहीं है।

एक बार एक व्यक्ति डॉक्टर के पास पहुंचा। उसने बताया कि वह नशे का शिकार है और इसे छोड़ नहीं पा रहा है। उसने कहा, "डॉक्टर साहब! मैं हर रात्रि को यह प्रण करता हूं कि कल से नशे को हाथ नहीं लगाऊंगा, लेकिन सुबह होने पर फिर... ।" डॉक्टर ने एक गिलास लिया। उसमें जल भरा और उस व्यक्ति से कहा, "इसे उठाओ।" उसने शीघ्रता से गिलास को उठा लिया।

डॉक्टर ने कहा, "अब तुम्हें गिलास उठाना नहीं है, सिर्फ कोशिश करनी है कि तुम पंद्रह-बीस मिनट तक इसे उठाने की कोशिश करो पर उठाना मत।"

व्यक्ति ने वैसा ही किया। वह गिलास को उठाने के लिए शक्ति लगाने का प्रयास करने लगा, लेकिन जान-बूझकर उसे उठा नहीं रहा था। उसके हाथ की नसें तक फूलने लगीं। वह थकान महसूस करने लगा। बीस मिनट बाद डॉक्टर ने कहा, "अब उठाओ"।

उसने गिलास उठाया, लेकिन नियंत्रित न कर पाने की वजह से उसे सम्हाल न सका। जल से भरा गिलास जमीन पर गिरकर टूट गया। व्यक्ति आश्चर्य में पड़ गया एवं कुछ पलों बाद उसने कहा, "डॉक्टर साहब मैं सब कुछ समझ गया। मैं आज से, अभी से, इसी वक्त से नशे को सदैव के लिए छोड़ता हूं।"

क्या आप इस छोटी-सी घटना का मर्म समझ सके? वह गिलास उठाने की कोशिश कर रहा था, पर साथ में अपनी शक्तियां खोता जा रहा था। अंततः वह गिलास न उठा सका। ध्यान रखिए, जो लोग सिर्फ नशे को छोड़ने की कोशिश करते हैं, वे भूल करते हैं। क्योंकि नशा धीरे-धीरे उनकी शक्तियां क्षीण कर रहा है। वे अपना आत्मविश्वास, दृढ़ इच्छाशक्ति खोते जा रहे हैं, फिर यह कोशिश सफल कैसे हो सकती है? नशा व्यक्ति की शारीरिक, मानसिक एवं आध्यात्मिक शक्तियों का दुश्मन है, आपको तनावग्रस्त करता है, आपको बीमारियों का घर बना देता है। आप क्यों जान-बूझकर इस भुलावे में हैं कि नशा मानसिक तनाव दूर कर देता है।

प्रत्येक निराशा में छिपी है आशा

बुद्धिमान व्यक्ति वे होते हैं, जो किसी भी प्रकार की परिस्थितियों में अपना धैर्य नहीं खोते, निराश नहीं होते। वे असफलताओं का रोना नहीं रोते, बल्कि उन्हीं असफलताओं में से कुछ ऐसा खोजने का प्रयास करते हैं, जिससे उन्हें लाभ हो और एक बात तो निश्चित है कि प्रत्येक निराशा के पीछे कहीं-न-कहीं आशा की एक किरण अवश्य मौजूद होती है। असफलताएं हमेशा अपने पीछे सफलता के कुछ निशान छोड़ जाती हैं। बस, आवश्यकता है उसे पहचानने की। अकसर देखा जाता है कि किसी कार्य में असफल होने के बाद व्यक्ति कुंठा का शिकार हो जाता है, बस यहीं भूल हो जाती है।

अपने आप पर पूरा विश्वास रखिए, धैर्य रखिए। जिन हालातों ने आपको निराश होने को मजबूर किया है, वही हालात आपको सफलता के लिए प्रेरित भी करेंगे, लेकिन ऐसा दिन देखने के लिए आपको आत्मनियंत्रण में रहना होगा। यदि आपने कुंठा को स्वयं पर हावी हो जाने दिया, तब कुछ नहीं हो सकता, क्योंकि परेशान एवं दुखी व्यक्ति अपने सामने आए अवसरों को पहचानने में भूल कर जाता है।

आप एक बात सुनिश्चित कर लीजिए कि असफलताएं ही हमें सिखाती हैं कि सफलता कैसे प्राप्त की जाए। सफलताओं की जो नींव परिश्रम, लगन और संघर्ष की बुनियाद पर खड़ी होती है, वह हिलाए नहीं हिलती।

सफल होने के लिए सकारात्मक सोच अपनाइए

स्वामी विवेकानंद ने कहा है कि कमजोरी का इलाज कमजोरी की चिंता नहीं, शक्ति का विचार करना है। मनुष्य को शक्ति की शिक्षा दो, शक्ति जो पहले से ही उसमें है।

ठीक इसी प्रकार यदि असफलताएं आपको अपने मार्ग से विचलित करने का प्रयास करती हैं, तो उन असफलताओं की चिंता मत करो, उन पर विचार मत करो। उनसे सीख लो और विचार करो, तो सिर्फ इस बात का कि अब सफलता कैसे हासिल की जाए? यह विचार करने का सही तरीका है। कुछ लोग असफल होने पर नकारात्मक ढंग से सोचने लगते हैं कि अब ये कार्य उनके वश का नहीं। मित्रों! ऐसा कुछ भी नहीं होता। आप पुनः परिश्रम कीजिए, साहस का दामन न छोड़िए, सदैव सकारात्मक दृष्टिकोण रखिए। कामयाबी आपके कदम अवश्य चूमेगी।

> **सकारात्मक दृष्टिकोण वाला व्यक्ति प्रत्येक मुसीबत में एक अवसर तलाशता है, जबकि नकारात्मक दृष्टिकोण वाला व्यक्ति प्रत्येक अवसर में एक मुसीबत तलाश करता है।**
>
> ***–एनन***

एक लड़का था। वह अपने जीवन में एक बड़ा लक्ष्य बनाकर मुंबई की गलियों में जा पहुंचा। वह बहुत बड़ा गीतकार बनना चाहता था। प्रारंभ में उसे कोई सफलता नहीं मिली, लेकिन वह अपनी प्रत्येक असफलता के बाद पहले से भी अधिक मजबूती से कदम बढ़ा देता।

एक बार असफल हुआ, दो बार असफल हुआ, तीन बार असफल हुआ, चार बार..., लेकिन वह हार मानने को तैयार न हुआ।

अंततः एक दिन उसे सफलता मिलने की शुरुआत हुई। अब

उसे छोटे-छोटे अवसर मिलने लगे। एक दिन उससे किसी ने पूछा, "जब आपको लगातार असफलताएं मिल रही थीं, तब आप अपने लक्ष्य के बारे में क्या विचार करते थे?"

उसने कहा, 'मैं सोचता था :

जंग अभी जीती न हमने, जंग अभी हारी न हमने
फैसला होने से पहले हार क्यों स्वीकार करूं?"

यह लड़का और कोई नहीं बॉलीवुड के एक चमकते हुए गीतकार समीर हैं, जिनके लिखे गीत आज घर-घर में गूंजते हैं।

कार्य क्षेत्र तो कोई भी हो सकता है। आवश्यकता इस बात की है कि कठिन-से-कठिन परिस्थितियों में भी आपके विचार नकारात्मक नहीं, सकारात्मक हों। कामयाबी हासिल करने के लिए यह आवश्यक हो जाता है कि आपका दृष्टिकोण सकारात्मक हो। ऐसे व्यक्ति संसार में अपने लिए कुछ भी असंभव नहीं मानते। वे एक के बाद एक निराशा के बावजूद अपने अंतःकरण में आशा की ज्योति जलाए रखते हैं और अपने दृष्टिकोण के चलते वे बार-बार साहस करते जाते हैं। अंततः सफलता प्राप्त कर लेते हैं। कुछ लोगों को मैंने देखा है कि अपनी आधारभूत सुविधाओं को देखने के बाद, बिना विचारे एकदम से कह देते हैं कि ऐसा कार्य मुझसे नहीं हो सकता। वे यह नहीं सोचते कि आसान कार्य तो सभी कर लेते हैं। व्यक्ति को वह अच्छा कार्य सदैव करना ही चाहिए, जो वे करना तो चाहते हैं, लेकिन उसकी ओर बढ़ने से घबराते हैं।

> **जो लोग कठिन परिस्थितियों में भी सकारात्मक विचार करना जानते हैं, उनके लिए इस संसार में कुछ भी कठिन नहीं है।**
>
> **—इमर्सन**

क्या आप आस्ट्रेलिया के सनसनीखेज युवा तैराक इयान थोर्पे के बारे में जानते हैं? जब अटलांटा ओलंपिक में अच्छा प्रदर्शन करके आस्ट्रेलियाई दल स्वदेश वापस लौटा, तब उनका भव्य स्वागत किया गया। इतने भव्य स्वागत का एक दर्शक इयान थोर्पे भी था। उसने उसी समय यह निर्णय लिया कि एक दिन वह भी अपने देश के लिए ओलंपिक में खेलेगा और देश का नाम ऊंचा करेगा।

सिडनी ओलंपिक में इसी इयान थोर्पे ने आस्ट्रेलिया के लिए कई स्वर्ण पदक जीतकर इतिहास रच दिया।

एक लड़का अचानक ही इतनी बड़ी बात सोच लेता है कि वह एक दिन

अपने देश के लिए ओलंपिक में खेलेगा और वह अपना स्वप्न पूरा करके दिखाता है, तो आप भी तो कोई भी लक्ष्य बनाकर उसे प्राप्त कर सकते हैं। निश्चित ही आप भी ऐसा कर सकते हैं, लेकिन इसके लिए आपको चाहिए कि आप अपने शब्दों की शुरुआत इस तरह करें, 'हम ऐसा कर सकते हैं और हम ऐसा अवश्य करेंगे।'

इतिहास गवाह है कि जितने भी महान लोग हुए हैं, उनके पास सकारात्मक दृष्टिकोण था, जिससे उन्होंने सफलता अर्जित की। जब सिकंदर ने यह निर्णय लिया था कि उसे विश्व विजय करनी है, तो उसने यह कहां सोचा था कि कहीं ऐसा न हुआ तो? जब जेम्सवॉट ने केतली का ढक्कन गिरते-उठते देखने के बाद रेल के इंजन बनाने के लिए प्रयास प्रारंभ किया, तो उनके मस्तिष्क में ऐसा नहीं था कि कहीं यह संभव नहीं हुआ तो...। एक नहीं, दो नहीं, ऐसे हजारों उदाहरण मौजूद हैं, जबकि साधारण लोग भी अत्यंत ऊंचाइयों पर पहुंचे। ऐसे-ऐसे अद्‌भुत आविष्कार किए जा चुके हैं, जिनके बारे में अब से कुछ समय पहले तो सोचा भी नहीं जा सकता था। बार-बार प्रयोग असफल हुए, पर सकारात्मक दृष्टिकोण से आत्मविश्वास उपजा एवं आत्मविश्वास से आगे बढ़ने का साहस। अतः अपने शब्दों की शुरुआत इस तरह आप कभी न करें कि 'कहीं ऐसा न कर सके तो...'। ऐसा विचार करना गलत तरीका है। नकारात्मक दृष्टिकोण व्यक्ति की क्षमताएं कम कर देता है। वह उस काम को भी नहीं कर पाता, जिसे वह सफलतापूर्वक कर सकता है।

आप जैसा विचार करेंगे, उनका प्रभाव आपके शरीर पर, आपकी क्षमताओं पर पड़ेगा। यदि आपका दृष्टिकोण नकारात्मक है, तो आप अपने कार्य को सही अंजाम नहीं दे सकेंगे। यदि आपका दृष्टिकोण सकारात्मक है, तो आपके कार्य करने का ढंग इतना अनूठा हो जाएगा कि सफलता आपके लिए पाने, छोड़ने और आगे बढ़ने की बात रह जाती है।

प्रसन्न रहिए

वह व्यक्ति जो किसी भी तरह के संकट में प्रसन्न रह सकता है, उसे विपरीत परिस्थितियां कभी मार्ग से डिगा नहीं सकतीं। प्रसन्नता मानव की एक ऐसी स्थिति है, जिसमें नये, अद्‌भुत एवं उपयोगी विचारों का उदय होता है। मान लीजिए कि आपके साथ कोई अशोभनीय घटना घटित हो जाती है तो क्या आपके दुखी एवं उदास रहने से उस घटना का प्रभाव कम हो जाएगा?

निश्चित रूप से प्रभाव तो कम नहीं होगा, बल्कि आप स्वयं अपने बुरे दिनों की संख्या और बढ़ा लेंगे। आपकी रोनी सूरत देखकर क्या कोई आपके दुःख कम करने आपके साथ आ जाएगा? ध्यान दीजिए, ऐसा नहीं होता। लोग अधिक से अधिक आपको सहानुभूति दे सकते हैं, आपसे कह सकते हैं–''बेचारा! परेशान है''। आप विचार कीजिए, तब तो आप सभी की नजरों में एक दुर्बल व्यक्तित्व बनकर रह जाते हैं। लोग आप पर दया दिखाते हैं। क्या आप ऐसा चाहते हैं? विचार कीजिए, अपने अंतर्मन से पूछिए। आपको जवाब मिलेगा–नहीं, आप दया का पात्र बनना नहीं चाहते।

वैसे भी इस संसार में सहानुभूति देने वाले लोग हैं भी कितने? आपको ऐसी स्थिति में अधिकांश लोग ऐसे मिलेंगे, जो आपका उपहास करेंगे और आप हंसी का पात्र बनकर रह जाएंगे।

इसलिए आप सदैव प्रसन्नचित्त रहने का प्रयास कीजिए। संकट चाहे कितना भी बड़ा क्यों न हो, मगर दूसरे लोग कभी न जान पाएं कि आप परेशान हैं, आप पर दुःख के बादल मंडरा रहे हैं। सभी कहेंगे कि आपसे अधिक खुश कोई नहीं है। मानवीय स्वभाव होता है, जो जैसा स्वयं सोचता है या दूसरों से अपने बारे में सुनता है, वह वैसा ही बन जाता है। आपके संकट शीघ्र ही दूर हो जाते हैं और आप वास्तव में प्रसन्नचित्त हो जाते हैं। आप अच्छी तरह से जानते हैं कि व्यक्ति का समय एक-सा कभी नहीं रहता। आज दुःख है, तो कल सुख भी अवश्य होगा। यही प्रकृति का नियम है। सदियां गुजर चुकी हैं, ये नियम कभी नहीं बदले। बस धैर्य रखिए।

अप्रसन्न रहने के कई नुकसान हैं। अप्रसन्नता की स्थिति में कोई भी कार्य आप सही ढंग से नहीं कर पाते हैं। आप प्रयोग कर सकते हैं, एक ही कार्य को तब कीजिए, जबकि आप वास्तव में प्रसन्न हैं एवं वही कार्य तब कीजिए जबकि आप अप्रसन्न हैं। अंतर आपको स्वयं पता लग जाएगा।

दो मित्र थे। दोनों नौकरी की तलाश में घूमते-घूमते एक इस्पात कंपनी में पहुंचे। उनमें से एक तो सदैव प्रसन्न रहता था, जबकि दूसरा हमेशा दुखी रहता था। इस्पात कंपनी में दोनों को एक ही काम मिल गया एवं वे अपना-अपना कार्य करने लगे।

कुछ दिनों बाद मैनेजिंग डायरेक्टर ने अपने सभी कर्मचारियों के कार्य का मूल्यांकन किया, तो ज्ञात हुआ कि उस मित्र के कार्य की गुणवत्ता कहीं अधिक अच्छी थी, जो प्रसन्न रहता था, जबकि

दूसरे मित्र के कार्य की गुणवत्ता इतनी अच्छी न थी, जो अप्रसन्न रहता था।

ध्यान रखिए! प्रसन्नता के विचार मन में रखने से आप अपने कार्य को तो ठीक ढंग से कर ही सकेंगे, साथ में संकट के समय आप साहस से सामना भी कर सकेंगे। प्रसन्नचित्त व्यक्ति कदम-दर-कदम सफलता की ओर बढ़ता रहता है। इसलिए आप प्रसन्नता के विचार मन में रखिए।

आपके विचारों का प्रभाव सर्वप्रथम शरीर एवं आपकी क्षमताओं, कार्य-कलापों पर पड़ता है। इसका एक बहुत रोचक उदाहरण मैं आपको बताता हूं :

मैं एक परिवार में ट्यूशन पढ़ाने जाता था। दो बच्चे थे परिवार धनी था किंतु माता-पिता बच्चों की उदासी से परेशान रहते थे। उन्होंने मुझे भी कई बार इस बारे में बताया था। मैंने विचार किया और एक दिन एक गेम लेकर बच्चों के साथ खेलना शुरू किया। कुछ समय बाद मैं सिर्फ उनका उत्साह बढ़ाने लगा। प्रारंभ में वे अनमने भाव से खेल लिया करते थे, लेकिन धीरे-धीरे रोज ही 15-20 गेम खेलने लगे। अब तो दोनों में प्रतिद्वंद्विता की भावना आ गई। प्रतिदिन खेले हुए मैचों का वे रिकॉर्ड इकट्ठा करने लगे कि कौन कितने अंक से जीता? कितने अंक से हारा?

प्रारंभ में मैंने ध्यान न दिया, लेकिन बाद में जब मेरा ध्यान उस ओर गया, तो मैं आश्चर्यचकित रह गया। दरअसल क्या होता था? जिस दिन लड़का ज्यादा खुश होकर जीत रहा होता था, तो खेलते समय उसे जिस नंबर की आवश्यकता होती थी, वही गिरता था। लेकिन जिस दिन वह हार रहा होता था, उस दिन नंबर सदैव उलटे आते थे। जिस पासे से वे लोग खेलते थे, उसमें तीन का अंक बहुत गिरता था, पर हारने की स्थिति में आवश्यकता होने पर तीन का अंक भी न गिरता था।

मैं निःसंदेह हैरान था। उस समय मैंने सकारात्मक सोच या विचारों का कार्यों पर प्रभाव के बारे में बस थोड़ा-बहुत लोगों से जाना था, लेकिन मैं इस निर्णय पर पहुंच चुका था कि यदि मन प्रसन्न और एकाग्र है, तो जीत आपके हाथ में होती है।

अप्रसन्नता, नींद और स्वास्थ्य

अप्रसन्नता की स्थिति में नींद न आना भी एक प्रमुख समस्या है। नींद न आने से भी व्यक्ति कई बीमारियों का शिकार बन जाता है। धरती पर जितने भी जीवित प्राणी हैं, नींद सभी के लिए आवश्यक है। डॉक्टर्स के अनुसार अच्छे स्वास्थ्य के लिए कम-से-कम छः घंटे की नींद आवश्यक है। सोते समय आपके कार्य करने वाले अंग विश्राम करते हैं और जागने पर आपमें एक नई ऊर्जा का संचार होता है। एक अच्छी नींद की निशानी होती है कि जागने के बाद आप अपने शरीर को फूल-सा, हलका एवं तरोताजा पाएंगे।

जब प्रसन्न रहने के इतने लाभ हैं, तब तो आपको यह कला सीखनी ही चाहिए, क्योंकि सफलता किसी एक महामानव प्रयास का परिणाम नहीं होती, यह एक सतत् गतिमान प्रक्रिया के फलस्वरूप मानव को प्राप्त होती है। इस सतत् गतिमान प्रक्रिया में परिश्रम, लगन, दृढ़ इच्छाशक्ति, प्रसन्नता आदि कई चीजें महत्वपूर्ण हैं।

सफलता पाने की कोई उम्र नहीं

कुछ लोगों को आपने देखा होगा कि अधिक आयु हो जाने के बावजूद वह जीवन में कोई खास सफलता अर्जित नहीं कर पाते हैं। ऐसे लोग मानसिक तनाव एवं कुंठाग्रस्त हो जाते हैं। वे मन-ही-मन घुटते रहते हैं एवं हार मानते हुए यह सोच लेते हैं कि अब उनसे कुछ नहीं हो सकता, ईश्वर ने उन्हें यही जीवन बिताने को भेजा था। लेकिन यह उनका दुर्भाग्य है, वे स्वयं को ही नहीं पहचान पाए हैं। एक कहावत है, **जब जागो, तभी सवेरा।**

ध्यान रखिए, सीखने की एवं प्रगति करने की कोई उम्र नहीं होती। कई सफल लोगों ने तो अधेड़ावस्था के बाद ही सफलता प्राप्त की। ऐसे लोगों को चाहिए कि वे भूल जाएं कि उनका भूतकाल क्या था? उन्हें अपने वर्तमान पर गर्व होना चाहिए। क्योंकि वर्तमान ही उनका भविष्य बनाएगा। कितने दुर्भाग्य की बात है कि आप हाथ पर हाथ रखकर अपना जीवन गंवाते चले जाते हैं, अपने लिए किसी चमत्कार की प्रतीक्षा करते रहते हैं। जबकि सच तो यह है कि संसार में चमत्कार नाम की कोई चीज नहीं होती। हां, चमत्कार हो सकता है यदि आप अपने अंतःकरण की शक्तियां जगा लेते हैं, आप सकारात्मक विचार रखते हैं, स्वयं पर विश्वास रखते हैं एवं अपने भूतकाल को भूलकर एक नए जोश से आगे बढ़ते हैं। अपने पास उपलब्ध संसाधनों के बारे में विचार कीजिए

कि क्या रास्ता हो सकता है? योजना बनाइए एवं सकारात्मक सोच के साथ परिणाम की चिंता किए बिना, परिश्रम करने का संकल्प लेकर कदम आगे बढ़ा दीजिए। सफलता आपको अवश्य मिलेगी।

साहसी का वरण करती है सफलता

स्वामी विवेकानंद अपने जीवन का एक संस्मरण लिखते हैं :

दुष्ट परिस्थितियों की तरह काशी के बंदर भी दुष्ट होते हैं। एक बार मैं काशी में किसी जगह जा रहा था। उस स्थान पर बहुत से बंदर रहते थे, जो आने-जाने वालों को अकारण तंग करने में विख्यात थे।

मेरे साथ भी उन्होंने वही किया। मेरा रास्ते से गुजरना उन्हें अच्छा न लगा, वे चिल्लाकर मेरी ओर दौड़े, तो उनसे छुटकारा पाना असंभव प्रतीत हुआ। मैं तेजी से भागा, पर जितना भागता, बंदर भी उतना ही दौड़ाते। तभी एक अपरिचित स्वर सुनाई दिया।

"भागो मत, सामना करो!" बस, मैं खड़ा हो गया और ऐसी जोर की डांट लगाई कि एक घुड़की में ही बंदर भाग खड़े हुए।

जीवन में जो कुछ भयानक है, उसका हमें साहसपूर्वक सामना करना पड़ेगा। परिस्थितियों से भागना कायरता है। कायर पुरुष कभी विजयी नहीं होता। भय, कष्ट और अज्ञान का जब हम सामना करने को तैयार होंगे, तो वे स्वयं ही भाग खड़े होंगे।

साहसी व्यक्ति को संसार की कोई कठिनाई नहीं रोक पाती, वें विकट परिस्थितियों में भी संघर्ष करते हुए सफलता के मार्ग पर अग्रसर रहते हैं। यदि आपने कठिनाइयों से हार स्वीकार कर ली, तो कठिनाइयां आप पर हावी होकर आपका मनोबल तोड़ देंगी। साहसी पुरुष वे होते हैं, जो कठिनाइयों का सर्वनाश कर देते हैं।

इस संसार में शायद ही ऐसा कोई व्यक्ति होगा, जिसके जीवन में कठिनाइयों का दौर न आया हो। लेकिन जिसने कठिनाइयों को विजित किया, वह सफलता के सर्वोच्च पद पर आसीन हुआ और जो उनका साहस से सामना नहीं कर सका, वह असफलता के गर्त में जा गिरा। सच ही कहा है—जो डर गया, वो मर गया।

ईश्वर ने आपको सभी कुछ तो प्रदान किया है। तो फिर कायरता दिखाने का क्या औचित्य रह जाता है? जो जीवन डर-डर के बिताया जाए, उसका कोई

मोल नहीं होता। आप इनसान हैं और इनसान का स्वभाव हार मानने का नहीं होता। अब यह अलग बात है कि आप जान-बूझकर अपना सिंहत्व भुलाए बैठे हैं। कठिन परिस्थितियों का साहस से सामना कीजिए, फिर देखिए आप में कितना आत्मविश्वास आ जाता है। उर्दू के मशहूर शायर मिर्जा गालिब का एक शेर है :

खुदी को कर बुलंद इतना, कि हर तकदीर से पहले
खुदा बंदे से खुद पूछे, बता तेरी रजा क्या है:

सच तो यह है कि प्रत्येक व्यक्ति कठिन-से-कठिन कार्य कर सकता है, लेकिन वह ऐसा करने का साहस तो करे।

एक सेनानायक था। उसे अपनी सेना सहित दुश्मन पर हमला बोलना था। रास्ते दो थे। एक सीधा रास्ता एवं दूसरा बेहद कठिन रास्ता।

जहां तक सीधे रास्ते का सवाल था, तो दुश्मन का चौकन्ना होना स्वाभाविक था। इसलिए वह कठिन रास्ते से आक्रमण करना चाहता था, ताकि दुश्मन भी भौचक्का रह जाए।

कठिन रास्ते पर उसे और उसके सैनिकों को आलपस की पहाड़ियां चढ़नी थीं। आलपस की पहाड़ियों के बारे में प्रचलित था कि उन पर आज तक कोई न चढ़ पाया। साहसी सेनानायक ने अपने सैनिकों से कहा, ''दोस्तों, दुश्मन तक पहुंचने के लिए हमें एक छोटी-सी पहाड़ी चढ़नी पड़ेगी, लेकिन उस पहाड़ी तक पहुंचने के लिए पहले यह चढ़ाई चढ़नी पड़ेगी।''

वह अपने सैनिकों के साथ चढ़ाई चढ़ता गया। सैनिक बार-बार पूछते कि वो छोटी-सी पहाड़ी कहां है? सेनानायक कहता, ''बस थोड़ी दूर और।'' अचानक उसके सैनिक देखते हैं कि उनके सामने दुश्मन की सेनाएं खड़ी हैं। वे सेनानायक से पूछते हैं, ''वे छोटी-सी पहाड़ियां नहीं आईं।''

सेनानायक ने उन्हें बताया—ये पहाड़ियां ही आलपस की पहाड़ियां थीं, जिन पर आज तक कोई न चढ़ सका और हम अभी-अभी उन्हें पार करके यहां पहुंचे हैं।

सैनिक यह सुनकर आश्चर्यचकित रह गए। अपनी शक्ति का आभास होने पर उन्होंने पूरी वीरता और साहस से दुश्मनों पर हमला बोल दिया और विजय भी प्राप्त की।

वह महान सेनानायक कोई और नहीं, बल्कि साहसी नेपोलियन बोनापार्ट था।

उसके प्रत्येक सैनिक ने आलपस की पहाड़ियों को पार किया। पर प्रश्न है कि क्या उन्हें पहले से ही बता देने पर वे ऐसा कर पाते? हम 'हां' या 'न' का निर्णय तो नहीं ले सकते, लेकिन इतना जानते हैं कि प्रत्येक के पास साहस और शक्तियां तो थीं, बस अंतर दृष्टिकोण का हो सकता था। साहसी तो आप भी हैं पर क्या अपने साहस से परिचित हैं?

नैतिकता के साथ बढ़ें सफलता की ओर

नैतिकता का सफलता से अत्यंत गहरा संबंध है। जो व्यक्ति नैतिक विचारों से परिपूर्ण होता है, उसमें आत्मबल का संचार होता है। वह निर्भय, साहसी बन जाता है। वह कोई भी कार्य करते समय स्वयं पर पूर्ण विश्वास रखता है। इसकी पर्याप्त वजह भी है, नैतिकता से भरे हुए व्यक्ति का हृदय स्वच्छ, निर्मल होता है, उसमें छल, कपट, बुरे विचार, गंदे कार्यों का कोई स्थान नहीं होता, इसलिए वह क्यों किसी से भयभीत हो? जिसकी आत्मा स्वच्छ है, साफ है, अच्छे विचार करने वाली है, उसे किसी से क्या भय? क्योंकि ऐसा व्यक्ति जानता है कि वह जो कुछ भी कर रहा है, वो ठीक है। उसका विश्वास स्वयं पर बढ़ता ही जाता है। वह हर तरह के तूफान का सामना करने को तैयार रहता है। उसके अंदर आत्मविश्वास की शक्ति का अथाह सागर लहराने लगता है और यह तो आप भी जानते हैं कि सफलता पाने के लिए आत्मविश्वास से बड़ी दूसरी कोई शक्ति नहीं। स्वामी विवेकानंद ने कहा है, यदि मानव जाति के आज तक के इतिहास में महान पुरुषों और स्त्रियों के जीवन में बड़ी प्रवर्तक शक्ति कोई है, तो वह आत्मविश्वास ही है। जन्म से ही यह विश्वास रहने के कारण कि वे महान होने के लिए पैदा हुए हैं, वे महान बने।

> **जो व्यक्ति नैतिकता से परिपूर्ण है, वही सच्चा साहसी है।**
>
> ***–वेंडल फिलिप्स***

नैतिक विचारों का विचार करने से व्यक्ति का आचरण उत्तम होता है। ऐसे व्यक्ति को सभी लोग पसंद करते हैं, प्यार करते हैं। परिणामस्वरूप वह हमेशा प्रसन्न रहता है एवं प्रसन्नता की स्थिति में तो व्यक्ति बड़े-से-बड़े कार्य को हंसते-खेलते हुए पूरा कर जाता है।

यदि आप अनैतिक कार्य करते हैं, तो आपके अंदर भय उत्पन्न हो जाता है। आप डरने लगते हैं कि कहीं किसी को जानकारी न हो कि आपने ऐसा कार्य

किया है। विचार कीजिए, ऐसे किसी कार्य को करने से क्या लाभ, जिसे आप चार लोगों के सामने स्वीकार करने में भय अनुभव करें। भय आपकी मानसिक शांति भंग करने वाला सबसे बड़ा कारण है।

नैतिकता के विरुद्ध कोई काम करने का फल अपने तक नहीं रहता, दूसरों पर उसका और बुरा असर पड़ता है।
–प्रेमचंद

याद रखिए, नैतिक विचार व्यक्ति के सज्जन, स्वाभिमानी एवं सत्कर्मी होने की निशानी है। जो व्यक्ति अच्छा सोच नहीं सकता, उसे परमात्मा भी पसंद नहीं करता। आपको परमात्मा को प्रेम करना है, उसके बताए मार्ग पर चलते हुए सद्कार्य करना है। वह आपको सफलता का पुरस्कार देगा। आपका आचरण उत्तम होना चाहिए। आप बुरे कार्यों से दूर रहिए।

दरअसल बुरे कार्य आप क्यों करते हैं? बुरे कर्म हमारी इंद्रियों की दुर्बलता से जन्म लेते हैं। आप अपनी इंद्रियों को नियंत्रित कर सकते हैं। इससे आपकी आत्मा पवित्र होगी, आपका मनोबल ऊंचा होगा। आपकी आत्मिक शक्ति बढ़ती जाएगी।

आत्मा सत्य है और जो सत्य है, वही ईश्वर है। इसका पोषण कीजिए, यही आपको बलवान बनाएगी, यही आपको सफल बनाएगी, यही आपको सुखों का अविरल प्रकाश प्रदान करेगी।

शरीर नाशवान है, इसलिए वह सत्य नहीं। फिर आप क्यों असत्य का पोषण करते हैं, क्यों अपनी इंद्रियों के वश में होकर बुरे कार्य करते हुए नैतिकता से दूर जाते हैं। ऐसा करके आप अपनी सफलता का मार्ग स्वयं बंद कर लेते हैं।

जीवन एक संग्राम है और यह संसार रणक्षेत्र है। यहां जो मजबूती से संघर्ष करेगा, विजयी वही होगा। संघर्ष के लिए नैतिकता और नैतिकता के लिए घर से मिले अच्छे संस्कार आवश्यक हैं। यही संस्कार आपको भविष्य में मिलने वाली सफलता की नींव होते हैं।

एक घोंसले में एक बार एक चिड़िया और उसके दो बच्चे बात कर रहे थे। पहले बच्चे ने कहा, ''मैं तो तानसेन जैसा संगीतज्ञ बनूंगा। मैं संगीत सीखूंगा।''

दूसरे बच्चे ने कहा, ''मैं तो एक बहुत बड़ा गायक बनूंगा, मैं गीत सीखूंगा।''

चिड़िया ने कहा, ''मेरे बच्चो! पहले अपने घर की मीठी बोली तो सीख लो, यदि तुम यह सीख जाते हो, तो तुम जीवन में जो

भी बनना चाहोगे, उसमें सफल रहोगे।"

निष्कर्ष रूप में आपको एक बात तो सुनिश्चित कर लेनी चाहिए कि नैतिकता का सफलता से अटूट बंधन है। आप नैतिक बनिए, सफलता आपको प्रेम करेगी।

इतिहास में न जाने कितने धनी लोग हुए होंगे। क्या आप किसी को याद करते हैं? आप याद करते है राम को, कृष्ण को, मूसा को, ईसामसीह को, गुरु नानक देव को। क्योंकि सफलता का परम सुख तो तब है, जब लोग आपके आचरण से भी सीखें। आचरण की पवित्रता ही आपकी सच्ची सफलता है। तभी सफलता का परम आनंद है।

एक बार गुरु नानक देव अपने कुछ शिष्यों के साथ भ्रमण पर थे। रास्ते में रात हो जाने के कारण उन्हें एक गांव में रुकना पड़ा। वहां के लोगों ने उनका खूब आदर सत्कार किया। आचरण से अच्छे लोगों को गुरु नानक ने विदा लेते समय आशीर्वाद दिया कि तुम लोग सारी दुनिया में फैल जाओ। आने वाली रात को वे पुनः एक गांव में रुके। वहां के लोग अशिष्ट थे, उनका आचरण अच्छा नहीं था। विदाई लेते समय गुरु नानक ने उन्हें आशीर्वाद दिया कि तुम फूलो-फलो एवं सदा यहीं रहो।

उनके शिष्यों ने उनसे पूछा, "गुरु जी ये आपने कैसे आशीर्वाद दिए? जो लोग अच्छे थे, उन्हें आपने दर-दर भटकने का आशीर्वाद दिया और जो लोग बुरे थे, उन्हें आपने सुखपूर्वक वहीं रहने का आशीर्वाद दिया। ऐसा क्यों?"

गुरु नानक ने कहा, "अच्छे लोग जहां भी जाएंगे, वे अच्छाई फैलाएंगे, लोग चरित्रवान बनेंगे, इसलिए उनका इस संसार में फैल जाना आवश्यक है। बुरे लोगों को तो एक ही जगह पर रहना चाहिए, जिससे वे बुराई न फैला सकें।

याद रखिए, अच्छे लोगों से ही अच्छे समाज का निर्माण होता है और ऐसे समाज में सफलता किसी एक व्यक्ति को नहीं मिलती, बल्कि सभी सफल होते हैं। यह सफलता आपकी व्यक्तिगत नहीं, आपके देश की सफलता है। देश की प्रगति है। एक विद्वान ने कहा था—ये आवश्यक नहीं कि तुम्हें अच्छा समाज मिले, पर ये ध्येय होना चाहिए कि हम दूसरों के लिए अच्छा समाज देकर विदा हों।

एक बार रामकृष्ण परमहंस के दो शिष्य इस बात पर परस्पर उलझ पड़े कि उनमें से श्रेष्ठ कौन है? विवाद तय न होने पर गुरुदेव

के पास जाकर उन्होंने पूछा, "गुरुदेव! हम दोनों में से कौन बड़ा है?" "बस, इतनी सी बात पर उलझ रहे थे तुम लोग। तुम्हारे प्रश्न का उत्तर तो बहुत सरल है। जो दूसरे को बड़ा समझता है, वही बड़ा भी है और श्रेष्ठ भी।" परमहंस ने कहा। यह समाधान पाकर वे दोनों मन में बहुत लज्जित हुए। उसी दिन से दोनों में बड़ा बनने की ललक एवं अहंकार का बीज मन से मिट गया।

'काम' से प्राप्त ऊर्जा का सदुपयोग

'काम' मानव जीवन का ही नहीं, धरती पर उपस्थित सभी जीवों का एक सच है। स्त्री हो या पुरुष काम सभी की जरूरत है। ओशो एक महान व्यक्ति थे, उन्होंने 'संभोग से समाधि तक' में जो विचार व्यक्त किए हैं, उनसे असहमत होना संभव नहीं है। लेकिन आवश्यकता है कि एक बार ओशो के दर्शन का हम अपने विवेक से विश्लेषण करें। एक विद्वान ने कहा है, कोई व्यक्ति कितना ही महान क्यों न हो, कोई ग्रंथ कितना ही प्राचीन क्यों न हो, आप आंख मूंदकर उसके पीछे मत चलिए। हर बात को न्याय की कसौटी पर कसिए और देखिए कि क्या उपयुक्त एवं उचित है। यदि ईश्वर की ऐसी ही इच्छा होती कि आप दूसरों के अंधानुयायी रहें, तो फिर वह मनुष्य को आंख, नाक, कान, जीभ और मस्तिष्क क्यों देता?

भारतीय दर्शन में धर्म, अर्थ, काम एवं मोक्ष को मुक्ति का मार्ग बतलाया गया है। धर्म, अर्थ एवं काम साधन है, मोक्ष साध्य है, लेकिन भारतीय दर्शन में नैतिकता को भी तो उत्तम आचरण का उत्कृष्ट माध्यम बताया गया है। हम एक ही सत्य को क्यों अपनाएं। काम को हीं सर्वोपरि क्यों मानें। काम केवल देहिक आवश्यकताएं पूर्ण करने का साधन मात्र नहीं है। काम एक पवित्र भावना है। पवित्रता वहां है, जहां प्रेम है। प्रेम के बिना तो सब कुछ व्यर्थ है। जहां प्रेम है, वहीं तो काम एक पवित्र भावना है, वरना तो काम सिर्फ वासना का एक रूप है। वासना में प्रेम नहीं, पशुता है। पशुता में पवित्रता कहां, भयानकता है। भयानकता में सच्चा सुख कहां? काम का संपूर्ण सौंदर्य उसे प्रेम में परिणित कर देने में है। संत कबीर ने लिखा है :

पोथी पढ़ि पढ़ि जग मुआ, पंडित भया न कोय।
ढाई आखर प्रेम का, पढ़े सो पंडित होए।।

काम मानव की आवश्यकता है। काम बहुत कुछ है, लेकिन सब कुछ नहीं

है। यदि काम ही सब कुछ है, तो मानव और जानवर में कोई अंतर नहीं है। रिश्तों के मूल्य पर इसे कभी स्वीकार नहीं किया जा सकता। क्योंकि समाज के उत्थान के लिए अच्छे आचरण वाले लोगों का होना आवश्यक है। अच्छे समाज में अच्छे चरित्रों का निर्माण होगा। ऐसे लोग न केवल स्वयं सफल होते हैं, बल्कि देश एवं समाज के लिए भी उनके कार्य उपयोगी हैं। सेक्स उन्मुक्तता के बढ़ते ही मानव का नैतिक पतन हुआ है एवं नैतिक पतन के चलते ही आज का युवा कुंठाग्रस्त हुआ है, इसलिए सफलता हासिल करने से पहले आपका नैतिक होना आवश्यक है।

ईश्वर ने सामूहिक सुख, शांति एवं सुव्यवस्था की जिम्मेदारी हर मनुष्य के कंधे पर सौंपी है। स्वयं अपराध न करना ही काफी नहीं, दूसरों को अपराध करने से रोकना भी कर्तव्य है। स्वयं उन्नति करना, सदाचारी होना ही पर्याप्त नहीं, दूसरों को भी प्रेरणा मिले, इसके लिए भी प्रयत्नशील रहना आवश्यक है। जो इससे उदासीन हैं, वे वस्तुतः अपराधी न होते हुए भी अपराधी हैं। चोरी की तरह लापरवाही भी दंडनीय है।

मित्रो! सफलता का अर्थ केवल आपकी अपनी सफलता नहीं है। यह स्वार्थ है। आपको स्थायी सफलता की चाह होनी चाहिए। स्थायी सफलता अच्छे आचरण से मिलती है और अच्छे आचरण के लिए आप में नैतिक धन होना आवश्यक है। नैतिक धन से आत्मबल मिलता है, आत्मबल से आत्मविश्वास और आत्मविश्वास से मनचाही सफलता।

आप पाप से घृणा कीजिए, असंयम से द्वेष कीजिए, दुष्ट आचरण से बैर कीजिए। कुविचारों का अपमान कीजिए और अन्याय से लड़िए। जिसमें ये दोष हों, उनसे अलग रहिए। ये सफलता पाने के मूल मंत्र हैं।

शिक्षा का उद्देश्य पहचानें

शिक्षित वे नहीं हैं, जिन्होंने सिर्फ मोटी-मोटी पुस्तकों का अध्ययन किया है। शिक्षित वे हैं, जिन्होंने शिक्षा से अपने आचरण को उन्नत बनाया है। —एक कथन

शिक्षा आपको विनम्र बनाती है, सही एवं गलत का ज्ञान कराती है, समाज में रहने वाले लोगों को प्रशिक्षित करती है। शिक्षा आपके जीवन को सुसंगठित, सुसज्जित बनाती है, शिक्षा अनुशासन की नींव तैयार करती है, अनुशासन सफलता पाने के लिए आवश्यक होता है। शिक्षा, विनय, शील एवं धैर्य सिखाती है।

शिक्षित वही है, जिसने शिक्षा पाने के बाद इन गुणों को स्वयं में धारण किया है। कोरे किताबी ज्ञान का कोई औचित्य नहीं। आपने देखा होगा कि अनपढ़ लोग भी जीवन में अभूतपूर्व सफलताएं अर्जित कर लेते हैं, क्योंकि उनमें योग्यता है, सफलता हासिल करने के सिद्धांतों की पहचान है।

मैं एक ऐसे व्यक्ति को जानता हूं, जो पढा-लिखा तो नहीं है, लेकिन सफल है। वह बहुत बड़ा व्यापारी है। उसने बिना किसी शिक्षा के ही वो सभी कुछ अर्जित किया है, जो वह शिक्षित होकर प्राप्त करता।

महाभारत की एक प्रसिद्ध घटना है। एक बार पांडवों के गुरु ने एक पाठ सिखाया कि सदा सच बोलो।

दूसरे दिन सभी को यह पाठ याद करके सुनाना था। सभी ने आसानी से गुरु को ये पाठ सुना दिया, लेकिन युधिष्ठिर न सुना सके। कई दिन बीत गए, लेकिन युधिष्ठिर पाठ न सुना सके। गुरु जी उन्हें रोज डांटते। एक दिन युधिष्ठिर ने कहा, "गुरु जी, मैंने आज यह पाठ याद कर लिया है।"

गुरु जी ने पूछा, "युधिष्ठिर तुमने इतनी-सी बात याद करने में इतना समय कैसे लगा दिया।"

"गुरु जी मैं पिछले कई दिनों से सत्य बोलने का अभ्यास कर रहा था, पर मुझे सफलता आज मिली है।" युधिष्ठिर का जवाब था।

केवल पुस्तकों को कंठस्थ कर लेने से किसी को शिक्षित नहीं कहा जा सकता। आपने पुस्तकों से जो सीखा है, उसे अपने जीवन में भी तो उतारिए, तभी आप शिक्षित कहने के अधिकारी हो सकेंगे।

समाचार-पत्रों में आए दिन हम पढ़ते हैं कि नवविवाहित युवती को दहेज की बजह से जलाकर मार डाला गया। युवती भी शिक्षित थी और उसका पति एक पढ़ा-लिखा व्यक्ति था। आपको क्या लगता है? क्या ऐसे व्यक्ति को शिक्षित माना जा सकता है, जो अपने व्यवहार से समाज में कोई अच्छा संदेश न दे सकता हो। वो शिक्षित क्यों और कैसे हो सकता है?

आपको सच्ची सफलता के दर्शन तभी हो सकेंगे, जबकि आप अपने शिक्षित होने का प्रासंगिक लाभ अर्जित करते हैं। याद रखिए, उस ज्ञान का कोई औचित्य नहीं, जो आचरण का रूप न लेता हो। कबीर, रैदास, मीरा, सूर जैसे व्यक्तियों के हजारों उदाहरण हैं, जिन्होंने बिना शिक्षित हुए भी अपना नाम इतिहास में

अमर कर लिया। लेकिन हममें से अधिकांश शिक्षित होने के बावजूद असफलता एवं अपयश के भागीदार बनते हैं, क्योंकि हम यह जानने का प्रयास नहीं करते कि :

- शिक्षा का उद्देश्य विनम्रता, दया, क्षमा, साहस और पुरुषार्थ को निखारना है।
- नैतिकता का सफलता से अति घनिष्ठ संबंध है। नैतिकता के बिना सफलता स्थायी नहीं रहती।
- विद्या का उपयोग समय पर होना चाहिए। यह तभी संभव है, जब आप विद्या को मस्तिष्क में संकलित रखने की अपेक्षा आचरण में उतार लें।
- शिक्षा आपके ज्ञान को आलोकित करती है। आपको चाहिए कि ज्ञान के इस प्रकाश में अपने मन के विचारों को पहचानकर दूर करें और अच्छे विचारों को व्यक्तित्व में शामिल करें।
- शिक्षा आपको घेरे और बंधनों से मुक्त करती है। जब तक आप किसी भी प्रकार की संकीर्णता को अपनाए हुए हैं, तब तक शिक्षा का उद्देश्य अधूरा समझें।

सफलता क्या है?

सफलता जीवन के सबसे खूबसूरत पहलुओं में से एक होती है। धरती पर ऐसा कौन-सा व्यक्ति होगा, जो सफल होना न चाहता हो। प्रत्येक व्यक्ति यही चाहता है कि वह अपने कार्यक्षेत्र में चाही हुई ऊंचाइयां प्राप्त करे। सच तो यह है कि मानव स्वभाव व्यक्ति को सदैव उस ओर ले जाना चाहता है, जहां वह दूसरे लोगों से अलग दिख सके और सफल लोगों की श्रेणी में खड़ा हो सके। इनसान का जीवन कितना आसान और प्रसन्नता से परिपूर्ण होता है, जब वह मनचाही सफलता हासिल कर लेता है, परन्तु सफलता पाना इतना आसान नहीं होता, वरना धरती पर सारे व्यक्ति सफल ही होते। न जाने कितने लोग असफलता के गहरे गर्त में डूबते चले जाते हैं। प्रश्न उठता है कि ऐसा क्या होता है कि कुछ व्यक्ति तो एक के बाद एक सफलता हासिल करते चले जाते हैं, जबकि कुछ लोग असफल हो जाते हैं। असफल होने वाले व्यक्ति ने भी अपने लक्ष्य की प्राप्ति के लिए कठोर परिश्रम किया होता है। इस विषमता को समझने और सफलता पाने के लिए कुछ सूक्ष्म और सरल आवश्यकताओं को समझना होगा। सफलता का पहला आधार है—सुनियोजित और अनुशासित कर्म।

> **सफलता का पहला सिद्धांत है काम-अनवरत काम।**
> ***—रामतीर्थ***

एक बार एक गांव में एक संन्यासी रहा करते थे। उनके शुभम् और सुंदरम् नाम के दो शिष्य थे। शुभम् कोई भी कार्य करता था, तो उसे सफलतापूर्वक पूर्ण करता था, जबकि सुंदरम् के साथ ऐसा न था। वह अकसर असफल हो जाता था। एक दिन सुंदरम् ने अपनी समस्या गुरु के सामने रखी।

गुरु सुंदरम् की आदत से पूरी तरह परिचित थे। उन्हें पता था कि सुंदरम् मेहनती है, लग्नशील भी है, मगर एक कमी है कि

वह समय का पाबंद नहीं है। गुरु ने सुंदरम् के सिर पर हाथ फेरा और बड़े प्रेम से समझाया, "बेटा परिश्रम के अच्छे परिणाम पाने के लिए, परिश्रम के साथ-साथ एक निश्चित योजना एवं अनुशासन बहुत आवश्यक है।"

याद रखिए, अनुशासन एक ऐसी प्रक्रिया है, जो व्यक्ति को सफलता के बेहद करीब लाती है। यदि आप सफल होना चाहते हैं, तो आपको स्वयं का मूल्यांकन करना होगा कि आप अपने कार्य करने के तरीके के प्रति कितने अनुशासित हैं। अनुशासन दृढ़ इच्छाशक्ति से आता है और ईश्वर ने इच्छाशक्ति संपूर्ण प्रकृति को दी है।

आप अपने चारों ओर के वातावरण पर नजर डालिए एवं महसूस कीजिए कि आपके चारों ओर प्रकृति में होने वाली घटनाएं भी अनुशासित हैं। सत्य तो यह है कि प्रकृति भी हमें अनुशासन सिखाती है। सूर्य हमेशा पूर्व में ही निकलता है। रात एवं दिन भी समय से आते-जाते हैं। इस दुनिया में सभी वस्तुओं या व्यक्तियों का संचालन परम पिता परमात्मा करता है। उसने प्रकृति में घटित होने वाली प्रत्येक घटना को अनुशासन में रखा है। व्यक्ति भी तो उसी सर्वशक्तिमान की रचना है। शायद इसलिए वह हमसे भी अनुशासन चाहता है। यही अनुशासन हमें सफलता दिलाता है। याद रखिए, दृढ़ इच्छाशक्ति मन में लेकर पूरे मनोबल एवं आत्मविश्वास के साथ अनुशासित ढंग से किया गया कार्य सफलता की कुंजी होता है। इसके ठीक विपरीत असफलता इस बात का प्रतीक है कि आपके कार्य करने के ढंग में कोई कमी रह गई है और जब कमी आपकी है, तो उसका हल भी आपके पास ही है। उसका सुधार किसी दूसरे व्यक्ति के पास तो हो ही नहीं सकता। दूसरा व्यक्ति तो आपको केवल सलाह दे सकता है, रास्ता बता सकता है, लेकिन चलना तो आपको ही है। अतः असफलता से घबराने या निराश होने की बजाय अपने कार्यों का मूल्यांकन करें, कमियों को दूर करें।

सफलता का रहस्य विवेक, श्रम, चरित्रबल और व्यावहारिकता—इन चार साधनों में निहित होता है।
—महात्मा गांधी

याद रखें, सफलता की पहचान इस बात से नहीं होती कि आपने क्या पाया है? बल्कि सफलता की पहचान इस बात से होती है कि कितने संघर्ष के बाद आपने उसे पाया है, आपने कैसी एवं कितनी मुसीबतों का सामना किया है। सफलता इस बात से भी तय नहीं होती कि जीवन में हम कितनी ऊंचाई

तक जाते हैं, बल्कि सफलता इस बात से तय होती है कि हम गिरकर कितनी बार उठते हैं। गिरकर बार-बार उठने के साहस से ही व्यक्ति को अपने पुरुषार्थ का ज्ञान होता है एवं यही शक्ति सफलता का रास्ता बनाती है। सतत् प्रयास करना ही सफल होने का श्रेष्ठ माध्यम है।

स्वामी विवेकानंद ने कहा था, ''स्वयं पर विश्वास रखकर हजार बार आगे बढ़ने का प्रयास करो। यदि तुम हजार बार भी असफल होते हो, तो एक बार फिर प्रयत्न करो।

एक बार देवताओं पर स्वर्गलोक में असुरों ने आक्रमण किया। देवता हारने लगे, तो धरती पर अर्जुन के पास संदेश भेजा और सहायता मांगी। अर्जुन ने असुरों से मोर्चा लेकर उन्हें भगा दिया। देवताओं ने गुरु बृहस्पति से पूछा, ''मनुष्य हमसे अधिक प्रतापी निकले इसका क्या कारण है?''

उन्होंने कहा, ''अर्जुन कठिनाइयों से टकराकर बलिष्ठ बना और तुम विलासी बनकर अपनी सामर्थ्य गंवा बैठे। अर्जुन की विजय का प्रधान कारण यही है।''

एक विद्वान ने एक बार कहा था कि सफलता का कोई शार्टकट नहीं होता। आपको यह सोचना चाहिए कि आप सफल क्यों नहीं हो पाए, आपसे भूल कहां हुई। जब आप गलतियों का सुधार स्वयं करेंगे, आवश्यकता पड़ने पर अपने से बड़ों की सलाह लेंगे और एक बार फिर नए जोश से आगे बढ़ेंगे, तो आपका वही लक्ष्य पहले की अपेक्षा कई गुना अधिक प्रभावशाली ढंग से आपके पास आता है।

सफलता के लिए चाहिए तीव्र इच्छाशक्ति

इनसान का जीवन एक संघर्ष है। प्रत्येक व्यक्ति अपने लिए किसी लक्ष्य का निर्धारण करता है एवं उसे पाना चाहता है। उसके मार्ग में तरह-तरह की मुसीबतें भी आती हैं। लेकिन जो व्यक्ति इनसे घबराता नहीं, बल्कि इनका साहस से सामना करता है, वह सफलता का अधिकारी बनता है। जो व्यक्ति मुसीबतों से थक-हार कर बैठ जाता है, वह भूल करता है। यथार्थ तो यह है कि प्रत्येक व्यक्ति को अपना जीवन सफल बनाने का प्रयास करना चाहिए। उसमें सफलता की भूख होनी चाहिए, तीव्र इच्छाशक्ति होनी चाहिए। सुप्रसिद्ध विद्वान डेल कारनेगी के विचार हैं :

किसी भी प्रकार की असफलता उतनी दुखदायी नहीं, जितनी प्रगति के

लिए आकुलता की कमी। जो लोग अपनी दुर्दशा से संतुष्ट हैं, उनके लिए सुखद अवसर कहां से, कैसे और क्यों आएगा?

विशाल नगर में एक विद्वान रहा करता था। एक बार उसके पास एक निराश व्यक्ति आया एवं सफल होने के उपायों के बारे में पूछने लगा। उस विद्वान व्यक्ति ने उससे कहा, "ठीक है, तुम कुछ दिन यहीं ठहर जाओ और जब तक मैं न कहूं, तब तक तुम्हें जल नहीं पीना है।" उस व्यक्ति को प्रतिदिन भोजन तो प्रदान किया जाता, लेकिन जल न दिया जाता। वह प्रतिदिन उस विद्वान व्यक्ति से जल पीने को पूछता, लेकिन वह इंकार कर देता।

तीसरे दिन उसने फिर पूछा, "महात्मन् क्या मैं जल पी सकता हूं?"

उनके इंकार करने पर वह जल पीने के लिए उनके सामने गिड़गिड़ाने लगा।

तब उस विद्वान व्यक्ति ने उससे कहा कि बस यही है जीवन में सफल होने का उपाय, जिस प्रकार जल पीने की तुममें तीव्र इच्छा जागृत है, यदि यही प्यास तुम सफलता के लिए विकसित कर लेते हो, तो सफलता तुमसे दूर नहीं है।

क्यों आवश्यक है सफलता

एक व्यापारी था। उसके चार पुत्र थे। उनमें से तीन परिश्रमी एवं लगनशील थे, जबकि सबसे छोटा पुत्र आलसी एवं कामचोर था। उसके तीन पुत्रों ने तो परिश्रम करके अपनी-अपनी आजीविका का साधन खोज लिया, लेकिन सबसे छोटे पुत्र ने इसके लिए कोई प्रयास न किया। व्यापारी के रहते घर में सौहार्द का वातावरण था, सभी एक-दूसरे से प्रेम करते थे। सब कुछ ठीक-ठाक चलता था। एक दिन व्यापारी की मृत्यु हो गई। तीनों सफल पुत्रों ने एक-एक करके अपना विवाह कर लिया, लेकिन चौथा पुत्र निठल्ला था, वह कोई काम न करता था। वह अभी भी अपने भाइयों पर आश्रित था। धीरे-धीरे उसकी भाभियों को यह बात खलने लगी। अब उसे लेकर घर में अकसर नोक-झोंक हो जाती। प्रारंभ में उसके भाई उसके पक्ष में रहे, लेकिन दूसरों की कृपा तो सीमित ही हो सकती है।

एक दिन उसके भाइयों ने रोज के झगड़ों से तंग होकर पैतृक संपत्ति का उचित भाग देकर उसे घर से निकाल दिया।

ध्यान रखिए, रिश्ते कितने भी निकट के हों, कोई भी आपको अपने कंधे पर नहीं ढो सकता। इसलिए परावलंबी नहीं, स्वावलंबी बनिए। अपने पैरों पर खड़े होने के लिए सतत् प्रयासरत रहिए, तभी आप अपने जीवन के यथार्थ आनंद का भोग कर पाएंगे। दूसरों की कृपा तो सीमित ही हो सकती है। दूसरों की कृपा पर पलने वाला व्यक्ति सीमित विकास कर सकता है। आप सीमित विकास के लिए नहीं, सफलता के चरम बिंदु का आनंद लेने के लिए धरती पर आए हैं। इसके लिए आवश्यकता है—दूरदृष्टि, दृढ़ संकल्प और कठिन परिश्रम की।

सफलता के कारक

आपने बहुत से ऐसे व्यक्तियों को देखा होगा, जिनके पास प्रतिभा है, कार्य करने की शक्ति है, लेकिन फिर भी अपने उद्देश्य में सफल नहीं हो पाते हैं। इस असफलता के अनेक कारण हो सकते हैं। कुछ कारणों को यहां स्पष्ट करते हैं :

- जीवन के किसी भी क्षेत्र में आगे बढ़ने के लिए सबसे पहले तो व्यक्ति को अपने लक्ष्य के बारे में पता होना चाहिए और उसके बाद ही उसे पाने के लिए योजनाएं बनाने एवं अपने कार्य करने के ढंग का निर्धारण करना चाहिए।
- व्यक्ति जो कुछ भी करता है। उसका प्रत्यक्ष या अप्रत्यक्ष उद्देश्य होता है कि खुशी प्राप्त की जाए।
- लक्ष्य बड़ा हो या छोटा, बस इनसान को आत्मसंतोष होना चाहिए। यदि कोई गरीब इनसान प्रत्येक पल खुशी से गुजारना जानता है, तो वह उस दुखित व्यक्ति से कहीं अधिक सफल है, जो करोड़ों की संपत्ति का मालिक है। इस दुनिया में आत्मसंतोष से बड़ा कोई धन, कोई सफलता नहीं होती।
- विश्वास कीजिए आपके सामने तरह-तरह की मुसीबतें भी आ सकती हैं, क्योंकि यह कभी भी निश्चित नहीं होता कि आपको प्रथम प्रयास में ही सफलता मिल जाएगी। आपको यह सुनिश्चित कर लेना होगा कि रास्ते की मुसीबतों में टूटना नहीं है, बल्कि उन पर विजय हासिल करके अपना लक्ष्य हासिल करना है। बस, आप कर्म करते रहिए। किसी ने ठीक ही कहा है :

गिरकर उठना उठकर चलना, यह क्रम है संसार का।
कर्मवीर को फर्क न पड़ता, किसी जीत या हार का।।

कहने का तात्पर्य यह है कि आपकी आंखों को सदैव अपने लक्ष्य पर स्थिर

होना चाहिए और यदि आप इतना करने में सफल हो जाते हैं, तो आपको आपका लक्ष्य हासिल करने से कोई नहीं रोक सकता।

एक बार द्रोणाचार्य ने अपने सभी पांडव शिष्यों की परीक्षा लेनी चाही, जिसके अंतर्गत उन्होंने एक वृक्ष पर एक मिट्टी की चिड़िया रख दी और अपने शिष्यों को उसकी आंख पर निशाना लगाने को कहा।

सबसे पहले बारी युधिष्ठिर की थी। द्रोणाचार्य ने युधिष्ठिर से पूछा, "वत्स, तुम्हें क्या दिख रहा है। निशाना साधे हुए युधिष्ठिर का जवाब था, "गुरुजी मुझे पेड़ दिख रहा है, पत्ते दिख रहे हैं, चिड़िया दिख रही है एवं चिड़िया की आंख दिख रही है। क्या मैं तीर चलाऊं?"

द्रोणाचार्य ने युधिष्ठिर को तीर चलाने से मना कर दिया। इसके बाद भीम, नकुल, सहदेव ने भी निशाना लगाने का प्रयास किया। द्रोणाचार्य ने सभी से वही प्रश्न पूछा और सभी का लगभग वही जवाब था, जो युधिष्ठिर ने दिया था। द्रोणाचार्य ने किसी को तीर चलाने को नहीं कहा।

सबसे अंत में अर्जुन की बारी आई और जब वे निशाना लगाकर खड़े हो गए, तो द्रोणाचार्य ने उनसे भी वही प्रश्न किया।

अर्जुन का जवाब था, "गुरु जी, मुझे केवल चिड़िया की आंख दिख रही है।" द्रोणाचार्य ने कहा, "वत्स तीर चलाओ।"

अर्जुन ने तीर चलाया, तीर सीधे चिड़िया की आंख में जाकर लगा।

तो सफलता की ओर बढ़ने से पहले अपने लक्ष्य का निर्धारण कीजिए और सदैव अपनी निगाहें उसी पर केंद्रित रखिए।

लक्ष्य की ओर बढ़ने की जिजीविषा

आप ऐसे लोगों को जानते होंगे, जो बड़े-बड़े लक्ष्य तो बना लेते हैं, लेकिन उनकी तरफ बढ़ने को जिस परिश्रम की आवश्यकता होती है, वह करने का साहस नहीं कर पाते। सफलता केवल अपने लिए लक्ष्य का निर्धारण करने से कभी प्राप्त नहीं होती, बल्कि जो लक्ष्य आपने बनाया है, उसे पाने के लिए आपको परिश्रम भी करना है। अपना सर्वस्व उसकी ओर केंद्रित कर दीजिए। मुसीबत आने पर उसका साहस से सामना कीजिए। अपने विश्वास को कभी

खोने मत दीजिए।

जो लोग लक्ष्य तो बना लेते हैं, स्वप्न तो देख लेते हैं, लेकिन उनकी ओर बढ़ने का साहस नहीं कर पाते। उनका अधिकार केवल स्वप्न देखने में रह जाता है। वे अपनी अभिलाषाओं को कभी पूर्ण नहीं कर सकते। एक के बाद एक मिलती असफलताओं से वे अवसाद की भावना से घिर जाते हैं, कुंठाग्रस्त हो जाते हैं और याद रखिए मानव जब कभी ऐसी स्थितियों में फंसता है, तो उसकी मानसिक शांति नष्ट हो जाती है, कार्य करने की क्षमता क्षीण हो जाती है। तब सफलता की बात ही कहां रह जाती है।

एक आलसी और कामचोर व्यक्ति को एक दिन सौभाग्य से थोड़े रुपए मिल गए। रात को सोते समय वह स्वप्न सजाने लगा।

इन रुपयों से मैं एक छोटी-सी दुकान खोलूंगा। जब आमदनी बढ़ जाएगी, तब बड़ी दुकान खोलूंगा। खूब पैसा हो जाने पर मैं एक गाड़ी लूंगा, बंगला लूगा। और इसके बाद...।

अचानक उसे महसूस होता है कि घर में उसके अलावा कोई और भी है लेकिन वह अपने आलस्य की वजह से उठकर देखने का साहस नहीं कर पाया। सुबह पता लगता है कि उसके सारे रुपए चोरी हो गए हैं।

जो व्यक्ति इतना भी न कर सका कि उठकर अपने संदेह की पुष्टि कर ले, तो वह किसी सफलता की राह में आने वाली बड़ी बाधाओं को कैसे पार करेगा?

जीवन हाथ-पर-हाथ रखकर बैठने का नहीं, बल्कि लगातार कुछ करने का नाम है। प्रत्येक व्यक्ति पहले तो स्वप्न सजाता है, इसके बाद उसे पाने की दिशा की ओर अग्रसर होता है। स्वप्न पूरा होने की स्थिति में उसे प्रसन्नता का एहसास होता है। तो क्या हम यह नहीं कह सकते कि व्यक्ति खुशियां प्राप्त करने को ही सफलता की कामना करता है।

प्रकृति में मौजूद सभी जीवों में कुछ समानताएं हैं। सभी अपने-अपने भोजन के लिए संघर्ष करते हैं और मानव के लिए सफलता या असफलता पाना प्रत्यक्ष रूप से तो नहीं, लेकिन अप्रत्यक्ष रूप से उनके भोजन की समस्या है। पर दूसरे जीवों एवं मानव में एक बहुत बड़ा अंतर यह है कि मानव को कर्म करने के लिए बनाया गया है। वह मेहनत करता है, कर्म करता है और तब कहीं जाकर अपनी आजीविका का अधिकारी बनता है, जबकि दूसरे जीव अपने भोजन के

लिए प्रकृति के अन्य पदार्थों पर आश्रित रहते हैं। उनके लिए भोजन ही प्रथम प्राथमिकता है।

विश्व प्रसिद्ध उपन्यास 'चित्रलेखा' में भगवती चरण वर्मा का यह कथन है, मानव अपनी खुशियों के लिए स्वप्न सजाता है, अभिलाषाएं रखता है और इनके पूर्ण होने की स्थिति में खुशी प्राप्त करता है, जबकि दूसरे जीवों के संदर्भ में आसानी से यह भी नहीं कहा जा सकता कि उनकी कोई अभिलाषा भी होती है या नहीं।

दृढ़ प्रतिज्ञ बनें

लक्ष्य के प्रति दृढ़ प्रतिज्ञ होने की सुविधा परम पिता परमात्मा ने मानव को ही दी है, तो क्यों न हम इस सुविधा का लाभ उठाकर खुशी प्राप्त करें। पर इसके लिए आपको परिश्रम तो करना ही होगा, बिना परिश्रम के सफलता संभव नहीं है। आपमें अपने लक्ष्य की ओर बढ़ने के लिए अद्‌भुत इच्छाशक्ति होनी चाहिए।

भारतीय फिल्म स्टार अमिताभ बच्चन, जिन्हें शताब्दी अभिनेता का खिताब दिया गया, जब दिल्ली विश्वविद्यालय के किरोड़ीमल महाविद्यालय से ग्रेजुएशन कर रहे थे, तो अपने साथियों से फिल्मों में काम करने की बात कहते थे। उस समय उनकी अधिक लंबाई की वजह से सभी उन्हें चिढ़ाते थे और अभिनेता बनने की ख्वाहिश पर कहते थे कि तुम कुछ नहीं कर सकते। लेकिन अपने दृढ़ संकल्प और परिश्रम के सहारे अमिताभ आज विश्वविख्यात कलाकार की श्रेणी में हैं।

नोबल पुरस्कार विजेता गुरुदेव श्री रवींद्रनाथ टैगोर ने एक बार कहा था कि अगर कोई तुम्हारा साथ न दे, तब भी तुम अपने रास्ते पर अकेले बढ़ते चले जाओ।

अमिताभ बच्चन को क्या यह सफलता एक बार में ही हासिल हो गई थी।

नहीं, इसके लिए उन्होंने कठोर संघर्ष किया था। आज जिस व्यक्ति से लाखों, करोड़ों लोग मिलना चाहते हैं, जिसे देखना चाहते हैं। उसी व्यक्ति ने ऐसे दिन भी देखे हैं, जबकि उन्हें फिल्मों में काम देने को कोई भी तैयार न था, पर उन्हें अपने ऊपर पूरा विश्वास था कि वह ऐसा कर सकते हैं और करके रहेंगे। उनकी आंखें अर्जुन की तरह चिड़िया की आंख पर थीं एवं अपना उद्देश्य पाने की अद्‌भुत इच्छा-शक्ति थी और इसलिए उन्होंने कई लोगों की कटु वाणी सुनने

और तरह-तरह की असफलताएं सहन करने के बाद भी हिम्मत न हारी और जिसके सुखद परिणाम सामने आए।

हिंदी साहित्य के सुविख्यात साहित्यकार रामवृक्ष बेनीपुरी ने अपने एक निबंध 'नींव की ईंट' में लिखा था, जो ईंट इमारत में लगने के काबिल होगी, वो एक दिन अवश्य उठा ली जाएगी।

कार्यक्षेत्र तो कोई भी हो सकता है, लेकिन सबसे पहले आवश्यक होता है लक्ष्य का निर्धारण और इसके बाद उसकी ओर बढ़ने की तीव्र लालसा एवं दृढ़ इच्छाशक्ति।

सफलता पाने के इन महान सिद्धांतों को पढ़ने के बाद सुनिश्चित कीजिए कि क्या सफलता की ओर बढ़ने से पहले आप ये बातें अपने मस्तिष्क में बिठा चुके हैं :

- क्या आपने सफलता एवं असफलता के वास्तविक मर्म को जान लिया है?
- क्या आपने स्वयं के लिए एक निश्चित लक्ष्य का निर्धारण कर लिया है?
- क्या आपने जो लक्ष्य निर्धारित किया है, उसे पाने के लिए उचित परिश्रम कर रहे हैं? क्या आप एक योजनाबद्ध तरीके से उसकी ओर बढ़ रहे हैं? यदि नहीं, तो देर मत कीजिए।
- क्या आपने यह सुनिश्चित कर लिया है कि मार्ग में आने वाली प्रत्येक कठिनाई पर आपको विजय प्राप्त करनी है? कहीं ऐसा न हो कि आप उससे हारकर प्रयास करना ही छोड़ दें।
- क्या आप जानते हैं कि व्यक्ति कई बार असफल होने के बाद जब बार-बार प्रयास करता है, तो वह अपेक्षित से कहीं अधिक सफलता हासिल करता है।

यदि आप उपर्युक्त बातों पर विचार कर चुके हैं, तो धैर्य रखिए, सफलता ज्यादा दूर नहीं है। बस, परिश्रम करते रहिए।

एकाग्रचित्तता और सफलता

आपने कभी चांद को देखा है। कितना शांत है, कितना सौंदर्य है उसमें। शायद इसीलिए तो वह मानव को शीतलता प्रदान करता है। ठीक इसी प्रकार आपका मन जितना शांत होगा, एकाग्रचित्त होगा, उसमें उतना ही सौंदर्य होगा। आपकी क्षमताएं उतनी ही केंद्रित होती जाती हैं, उनमें बिखराव नहीं होने पाता। आप कोई भी कार्य करेंगे, तो एकाग्रचित्त होने पर उसे पूरी शक्ति से कर पाएंगे। कार्यक्षेत्र तो कोई भी हो सकता है, लेकिन आवश्यकता इस बात की है कि आप मानसिक रूप से बस उसी के लिए समर्पित हो जाएं, तो कोई कारण नहीं बनता कि आप किसी भी कार्य को सही ढंग से पूर्ण न कर पाएं।

> **एकाग्रचित्तता बड़ी-से-बड़ी समस्या का हल है।**
>
> *—न्यूटन*

स्वामी विवेकानंद एक महान आत्मा थे, उन्होंने एकाग्रचित्तता को सफलता प्राप्ति का उत्कृष्ट माध्यम बताया है। आप प्रकृति में उपस्थित छोटे-छोटे जंतुओं से प्रेरणा ले सकते हैं। बगुला जब एक बार मछली पकड़ने के लिए ध्यान लगाकर जल की सतह पर देखता है, तो उद्यम करने पर मछली पकड़ ही लेता है। क्या आपने कभी किसी छिपकली को कीट-पतंगों का शिकार करते देखा है? वह एक बार ध्यान लगा लेने के बाद सफलतापूर्वक अपना शिकार करती है। याद रखिए, किसी भी कार्य को पूर्ण करने से पहले उसके प्रति समर्पण बहुत आवश्यक है।

एक लकड़हारा जंगल से लकड़ियां काटकर लाता एवं उन्हें बाजार में बेच देता। इस प्रकार वह अपना एवं अपने बीवी-बच्चों का पेट पालता था। एक बार भयंकर आंधी आई। कई वृक्ष टूटकर धराशायी हो गए। वह जंगल से शीशम के वृक्ष की एक विशाल शाखा यह विचार करके उठा लाया कि वह इसे काटकर कई दिनों तक बहुत रुपया अर्जित कर सकता है। शाखा बहुत मजबूत थी।

वह प्रतिदिन कोशिश करता, लेकिन उसे इस लायक न बना पाता कि वह उसे बाजार में बेच सके।

एक दिन उसे स्वयं पर ही क्रोध आने लगा। उसने मन-ही-मन प्रतिज्ञा की कि आज कोई दूसरा कार्य नहीं करना है, आज इस शाखा को ही काटना है। वह प्रातः काल से ही अपने कार्य में जुट गया। न भूख की चिंता, न प्यास की चिंता। शाम तक उसके घर के आंगन में शीशम की वह शाखा कई भागों में विभाजित होकर पड़ी थी।

कार्य कोई भी हो, कितना भी कठिन क्यों न हो, लेकिन मन लगाकर करने से असंभव नहीं रहता। संसार में जितने भी सफल लोगों ने अद्‍भुत सफलताएं अर्जित की हैं, उनसे पूछिए कि वे अपने उद्देश्य के अतिरिक्त क्या-क्या सोचते थे?

तुम कोई भी कार्य करो, उसमें खो जाओ। अपनी समस्त शक्तियां केंद्रित करो। तुम देखते हो कि कठिन कार्य भी सरलता से होता है।
—स्वामी विवेकानंद

आपको जवाब मिलेगा—कुछ भी नहीं।

यही तो है सफलता पाने का वह महान सिद्धांत, जिसे अपनाकर आइन्सटीन, स्वामी विवेकानंद, न्यूटन जैसे न जाने कितने महापुरुष सदैव के लिए जीवित हैं और जीवित रहेंगे। उन्होंने सफलता की चरम सीमाओं को स्पर्श किया।

आपने भी ऐसे कई लोगों को देखा होगा, जो कोई भी कार्य करते समय उसमें इतना खो जाते हैं कि उन्हें बाहरी दुनिया का कोई ज्ञान ही नहीं रहता। ऐसे लोग शीघ्र ही अपने क्षेत्र के ज्ञाता बन जाते हैं और सफलता उनके कदम चूमती है।

कोई भी व्यक्ति प्रतिदिन कोई-न-कोई कार्य तो करता ही है। आपको कोई अतिरिक्त कार्य नहीं करना है। बात तो बस इतनी सी है कि एक समय में आप जो भी कार्य कर रहे हैं, उस पर अपनी समस्त शक्तियां केंद्रित कीजिए। इसके कई लाभ हैं। एक तो आपको अपने कार्य से आत्मसंतुष्टि की प्राप्ति होती है, दूसरे आप अपने परिश्रम का लाभ भी अर्जित करते हैं।

उदाहरण के लिए एक विद्यार्थी है। उसने एक दिन में आठ घंटे अध्ययन किया है। दो घंटे भौतिक विज्ञान, दो घंटे गणित, दो घंटे जीव विज्ञान एवं दो घंटे सामाजिक विज्ञान। इनमें से कोई भी विषय अध्ययन करते समय उसके मस्तिष्क में ऐसे विचार थे कि अभी तो दूसरे विषय भी पढ़ने हैं। अंततः परिणाम यह हुआ कि आठ घंटे दिमागी कसरत करने के बाद भी वह अपेक्षित लाभ प्राप्त नहीं कर सका। अतः अंतर्द्वंद्व से उबरिए और पूरे मनोयोग से कार्य कीजिए।

एकाग्रचित्त होने के लिए क्या करें

- आपको एकाग्रचित्त होने के लिए किसी कठोर परिश्रम की आवश्यकता नहीं है। सबसे पहली शर्त तो यह है कि आप जिस कार्य को कर रहे हैं, उसे कभी छोटा मत समझिए। उसे करने में पूरी लगन एवं समर्पण से परिश्रम कीजिए। उसके लिए स्वयं में एक जुनून पैदा कीजिए और सच मानिए, यदि आप स्वयं में अपने कार्य के प्रति जुनून पैदा कर सके एवं एकाग्रचित्त होकर पूरी लगन से आगे बढ़ गए, तो निश्चित है आपको सफलता अवश्य मिलेगी।
- मैंने बहुत से लोगों को देखा है कि संकट के समय जल्दबाजी में उचित या अनुचित का विचार किए बिना कार्य कर जाते हैं। मानव स्वभाव होता है कि वह शीघ्रता से स्वयं को संकटमुक्त देखना चाहता है, लेकिन कभी-कभी आपकी जल्दबाजी का विपरीत प्रभाव पड़ता है। आपको चाहिए कि अपने संकट को दूर करने के उपायों पर शांत मन से एकाग्रचित्त होकर विचार करें।
- एकाग्रचित्तता और सफलता में बेहद गहन संबंध है। बस, आप उसे समझ पाएं, तो कामयाबी आपसे दूर नहीं है। मैं एक बार फिर कहूंगा। सफलता आपके किसी एक महामानव प्रयास के फलस्वरूप आसान नहीं है, बल्कि कामयाबी के लिए छोटी-छोटी चीजों पर ध्यान देना अत्यंत आवश्यक है।
- यदि आप कभी रात्रि में देर तक जगे हों, तो आपने अनुभव किया होगा कि एक समय ऐसा आता है, जबकि आपको बहुत तेज नींद का अहसास होता है, लेकिन यदि आपने वो 20-25 मिनट किसी तरह गुजार लिए, तो इसके बाद निंद्रा का अहसास समाप्त हो जाता है। अब यदि आप चाहें, तो सारी रात भी जागकर गुजार सकते हैं।

यह घटना इतनी सामान्य नहीं है, जितनी कि देखने और सुनने में लगती है। यह एकाग्रचित्तता का परिणाम है। आपने अपनी इंद्रियों पर नियंत्रण किया, क्योंकि आपमें एकाग्रचित्तता और समर्पण था। अपने इस कार्य या कारण के लिए जिसकी वजह से आपको जागना था, उसके फलस्वरूप आप में स्वतः ही अद्भुत क्षमताओं का विकास हो गया। यह तथ्य केवल इसी घटना पर लागू नहीं होता। इसी तथ्य का परीक्षण आप इस तरह भी कर सकते हैं।

मान लिया आपको अपना कोई बहुत ही आवश्यक कार्य समाप्त करना है। आपको अत्यधिक शारीरिक परिश्रम करना पड़ रहा है। प्रारंभ में कुछ देर तक मेहनत करने के बाद आप बुरी तरह से थक जाते हैं, लेकिन आपको अपना कार्य तो पूर्ण करना ही है इसलिए आप लगातार परिश्रम करते जाते हैं। अचानक एक चमत्कार होता है।

आपको थकान का अनुभव होना बंद हो जाता है। आप मानसिक रूप से इतने मजबूत हो जाते हैं कि शारीरिक थकान उसके सामने कुछ भी नहीं रह जाती।

क्या आप विचार कर सकते हैं कि यह चमत्कार कैसे हो गया?

क्योंकि आपने अपनी इंद्रियों पर नियंत्रण किया और इंद्रिय संयम के महत्व को आप पहले ही जान चुके हैं। इसके अतिरिक्त आपके अंदर अपने कार्य के प्रति एक जुनून था, एकाग्रचित्तता थी। आपको सिर्फ चिड़िया की आंख दिखाई देती थी, पेड़ और पत्ते नहीं। आपके इसी दृष्टिकोण ने आपको अनोखी ऊर्जा प्रदान की, आपकी मानसिक स्थिति इतनी मजबूत हो गई कि आप शारीरिक गतिविधियों के प्रभावों से प्रभावित न हो सके।

कॉलेज के कई विद्यार्थी मैदान में दौड़ लगाकर व्यायाम कर रहे थे। उनका एक साथी शरीर से काफी कमजोर लगता था। वह एक किनारे खड़ा होकर साथियों को दौड़ते हुए देख रहा था। एक साथी ने उसे साथ दौड़ने के लिए उकसाया, तभी दूसरे उसकी कमजोरी की खिल्ली उड़ाते हुए बोले, "ये क्या दौड़ेगा, ये खड़ा रहे इतना ही बहुत है।" उपेक्षा ने लड़के के स्वाभिमान को कोंच दिया। लड़के के आहत स्वाभिमान ने पैरों को आदेश दिया और उसने धीरे-धीरे दौड़कर 300 मीटर का एक चक्कर पूरा किया, दूसरे ही चक्कर में हांफने लगा। वह रुकने ही वाला था कि साथियों के व्यंग्य से भरे चेहरे दिखाई दिए। अब तो उसके अंदर एक जुनून-सा छा चुका था। किसी तरह उसने तीसरा चक्कर लगाया एवं अंततः चमत्कार हुआ। लड़का जब नौ चक्कर लगा चुका, तो दसवें चक्कर में उसकी रफ्तार देखने लायक थी। उसके साथी एक-एक कर पीछे छूटते जा रहे थे और वह सबसे पहले लक्ष्य पर पहुंच चुका था।

ऐसा ही होता है, जब आप संकल्प लेकर आगे बढ़ जाते हैं, तो एक बार ऐसा समय अवश्य आता है, जब आप मंजिल को बहुत पीछे छोड़ चुके होते हैं।

एकाग्रचित्तता बढ़ाने के व्यावहारिक तरीके

- जिस कार्यक्षेत्र में आप सफल होना चाहते हैं। प्रयास कीजिए कि आपका अधिकांश चिंतन-मनन अपने उसी लक्ष्य के लिए हो।
- मौन एवं योग मान्सिक तनाव को नष्ट करते हैं। एकाग्रचित्तता बढ़ाने में भी अत्यंत सहायक हैं।
- पद्मासन में बैठकर एक लंबी सांस लीजिए एवं इसके बाद मस्तिष्क को केंद्रित करने की कोशिश करते हुए सांस को धीरे-धीरे छोड़िए। यह प्रक्रिया आपको एकाग्रचित्त होने में मदद करेगी।
- प्रातः काल नींद खुलने के बाद एवं बिस्तर छोड़ने से पहले अपने दोनों हाथों की हथेलियों को ध्यान से देखते हुए मुख से बोलिए—ईश्वर के दिए ये हाथ दुनिया का कौन-सा काम नहीं कर सकते, अर्थात् मैं सब कुछ कर सकता हूं। मैं इच्छित कर्म अवश्य करूंगा।
- आलस्य से बचें। कहा गया है :

उद्यमेन हि सिध्यंति कार्याणि न मनोरथैः।
न हि सुप्तस्य सिंहस्य प्रविशंति मुखे मृगाः।।

उद्यम करने से ही मनोरथ पूर्ण किए जा सकते हैं। सोते हुए सिंह के मुख में मृग स्वयं कभी प्रवेश नहीं करता।

इस संसार में प्रत्येक वस्तु प्राप्य है, लेकिन बिना परिश्रम के यहां कुछ भी नहीं मिलता। आलसी व्यक्ति सदैव स्वप्न ही देखते हैं, उन्हें हासिल कभी नहीं कर पाते। आलस्य आपका सबसे बड़ा शत्रु है।

सत्य तो यह है कि मानव मन की प्रवृत्ति श्रम से बचने की नहीं होती, आलस्य ही वह विकार है, जो उसे परिश्रम करने से रोकता है। आप आलस्य त्यागिए, परिश्रम से बचने की कोशिश न कीजिए। आप पाएंगे कि कामयाबी आपसे दूर नहीं है।

आलस्य का सबसे बड़ा नुकसान यह है कि आपके कार्य करने की क्षमता दिन-प्रतिदिन कम होती जाती है। आपका शरीर निरंकुश होने लगता है और मन शक्तिहीन होकर संकल्प की शक्ति खो बैठता है। इसीलिए कहा गया है :

आलस्यं हि मनुष्याणां शरीरस्थो महान रिपुः।
नास्त्युद्यमसमो बंधुः, कृत्वा यं नावसीदति।।

अर्थात् आलस्य ही मानव देह में रहने वाला सबसे बड़ा शत्रु है, उद्यम के समान मानव का कोई बंधु नहीं है, जिसके करने से मानव दुखी नहीं होता।

वक्त की बर्बादी न करें

जिस तरह कमान से निकला तीर कभी वापस नहीं आता, उसी प्रकार बीता हुआ समय भी कभी वापस नहीं आता। आपके जीवन का एक-एक क्षण अत्यंत मूल्यवान है, उसे गंवाइए मत, उसका सदुपयोग कीजिए। समय का सदुपयोग करके आप सफलता की ओर बढ़ते जाते हैं। संसार में जितने भी महान एवं सफल लोग हुए हैं, सभी के जीवन का अध्ययन करने पर ज्ञात होता है कि उन सभी ने समय के महत्व को पहचाना एवं उसका सदुपयोग किया।

एक बार गांधीजी को एक सभा में जाना था। पर दुर्भाग्यवश उस दिन उनका स्वास्थ्य ठीक न था। उनके अनुयायियों ने उनसे कहा, "बापू, आज आपका स्वास्थ्य ठीक नहीं है, आज आप इस सभा को स्थगित कर दीजिए।

लेकिन बापू ने उनकी बात न मानी एवं बिल्कुल सही समय पर अस्वस्थ होने के बावजूद सभा में पहुंचे।

आप किसी कार्य को भविष्य के लिए टालकर स्वयं को धोखा क्यों देते हैं। आज नहीं तो कल आपको वह कार्य करना तो है ही, तो फिर क्यों न उसे तुरंत समाप्त किया जाए। यदि आप अपने किसी आवश्यक कार्य को बार-बार टाल देते हैं, तो आपको उसके न होने का भय भी सताता रहता है एवं आप पर दबाव भी बढ़ता जाता है। इसीलिए कबीर लिखते हैं :

काल्ह करे सो आज कर, आज करे सो अब।
पल में परलय होयगी, बहुरि करोगे कब।।

अर्थात् जो कार्य कल करना है, उसे आज ही करो एवं जो कार्य आज करना है, उसे अभी कीजिए। समय का क्या भरोसा? जाने कब प्रलय हो जाए, तब उस कार्य को आप कब करेंगे?

दूसरे कुछ कार्य ऐसे भी होते हैं, जिन्हें यदि वक्त पर न किया जाए, तो उनके परिणाम आपको वांछित संतुष्टि नहीं दे पाते।

याद रखिए, प्रत्येक कार्य को समय पर पूर्ण करने से आप में आत्मविश्वास बना रहता है। यही आत्मविश्वास साहस का जनक है और साहसी व्यक्ति को तो सफल होने से कोई रोक ही नहीं सकता।

एक बार एक विद्यार्थी एक मनोवैज्ञानिक के पास पहुंचा और बोला, "मैं बहुत परेशान हूं, मेरे पेपर्स नजदीक आ चुके हैं, लेकिन

मैं पढ़ाई नहीं कर पा रहा हूं। प्रारंभ में अपनी लापरवाही के चलते मैंने कुछ भी न किया, अब मेरे पास अध्ययन करने के इतने अधिक विषय हैं कि मैं समझ ही नहीं पाता हूं कि शुरुआत कहां से करूं? मैं प्रतिदिन पुस्तकें खोलता हूं, लेकिन अधिक पढ़ नहीं पाता हूं, जबकि मैं फेल होना नहीं चाहता।

मनोवैज्ञानिक ने पूछा, ''आप फेल कब नहीं होंगे?''

''जबकि मुझे अपने विषय का ज्ञान हो।'' उसने जवाब दिया।

''क्या यह ज्ञान आप बिना अध्ययन किए पा सकते हैं? क्या आपकी जगह पर कोई दूसरा अध्ययन करके आपकी मदद कर सकता है?'' मनोवैज्ञानिक ने पूछा।

''नहीं''

''तो फिर जब परिश्रम आपको ही करना है, तब समय गंवाने का क्या औचित्य है? जो भूल आप भूतकाल में कर चुके हैं, उसे पुनः क्यों दोहराना चाहते हैं! स्वयं पर पूर्ण विश्वास रखते हुए, अपने एक-एक पल का सदुपयोग करते हुए परिश्रम जारी रखिए। आपको परीक्षा में अवश्य ही सफलता मिलेगी।

विद्यार्थी ने उससे वादा किया कि अब वह अपना एक भी पल व्यर्थ नहीं गंवाएगा और मन लगाकर अध्ययन करेगा।

कुछ समय पश्चात् वही विद्यार्थी पुनः मनोवैज्ञानिक के पास आया और बोला, ''आपके बताए रास्ते पर चलने से मैं पास तो हो गया, पर अच्छे अंक न ला सका, जबकि मैं पर्याप्त अध्ययन कर चुका था।''

''मैं मानता हूं, तुमने अपने विषय को भली भांति अध्ययन कर लिया होगा, पर तुमने इतनी देर से अध्ययन किया कि तुम स्वयं में पर्याप्त आत्मविश्वास न जगा सके। परिणामस्वरूप तुम्हारा प्रस्तुतिकरण उत्तम न था, इसलिए तुम अच्छे अंक न पा सके।''

विद्यार्थी ऐसा सुनकर एवं संतुष्ट होकर वहां से चला गया।

मित्रों! अपने किसी कार्य को कल पर मत टालिए, समय का सदुपयोग करते हुए उसे सही वक्त पर पूर्ण कीजिए। तब आपका चेहरा आत्मविश्वास की आभा से चमक उठेगा और आप श्रेष्ठ परिणाम के अधिकारी बनेंगे। यह कामयाबी पाने का मूल मंत्र है।

शब्दों की सामर्थ्य पहचानें

आपने जुलूस, प्रदर्शन आदि में नारे लगाते हुए लोगों को अवश्य देखा होगा। आपने महसूस किया होगा कि लोग जब ऐसी गतिविधियों में जोर-जोर से नारे लगाते हैं, तो उन शब्दों से उनका और दूसरों का जोश बढ़ जाता है।

शब्द-शक्ति इस संसार की एक बड़ी शक्ति है। आप जिस तरह के शब्द बोलते हैं, आपकी मानसिकता भी उन्हीं शब्दों के अनुसार ढलती जाती है। कुछ लोग सदैव नकारात्मक या निराशा भरे शब्द बोलते रहते हैं। ऐसा करके वे स्वयं अपना ही नुकसान करते हैं। भगवान श्रीकृष्ण के मुख से गीता के उपदेश सुनकर अर्जुन युद्ध करने को तैयार हो गया। अपने पिताश्री के मुख से कठोर शब्द सुनकर छोटा-सा बालक नचिकेता यम की खोज करने चल पड़ा। डाकू वाल्मीकि मुख से मरा-मरा कहकर महर्षि वाल्मीकि बन गए। अभिमन्यु अर्जुन के मुख से चक्रव्यूह भेदन का वर्णन सुनकर मां के गर्भ में ही युद्धकला सीख गए। यह सब शब्द शक्ति का ही कमाल है? आप सभी ने कभी-न-कभी कोई सिनेमा तो देखा ही होगा। यदि आप किसी अभिनेता या अभिनेत्री के मुख से कोई दर्दनाक डायलॉग सुन लेते हैं, तो आपकी आंखों में आंसू आ जाते हैं या आप खुशी के शब्द सुनकर खुश हो जाते हैं, वहीं कोई उत्तेजक संवाद सुन लेने पर जोश से भर जाते हैं। यह शब्दों का ही तो प्रभाव है। आपने ऐसे बहुत लोगों को देखा होगा, जो सदैव अपनी किस्मत का रोना रोते रहते हैं। अंततः क्या होता है? ऐसे लोग स्वयं को ही अपने कार्यों के परिणामों से संतुष्ट नहीं कर पाते। आप सभी देखते हैं कि अच्छा वक्ता कुछ क्षणों में ही दूसरों को प्रभावित कर लेता है, क्योंकि वह शब्द- शक्ति के महत्व को भली भांति जानता है।

> **स्वर्ग एवं धरती मिट सकते हैं, लेकिन मेरे शब्द अमर हैं।**
>
> *–ईसा मसीह*

मित्रो! शब्द-शक्ति संसार की एक महान शक्ति है। इसका अपने उत्थान

जिन शब्दों का आप उच्चारण करते हैं, वे आपके अंतःकरण को स्वीकार होने चाहिए। ऐसा न होने पर वे शब्द आपके लिए निर्जीव हैं। आपके प्रत्येक शब्द के पीछे मानसिक बल होना चाहिए। आपकी आत्मिक शक्ति का उसको समर्थन मिलना ही चाहिए।

–स्वेट मार्डेन

के लिए सदुपयोग कीजिए। आप सदैव अच्छा एवं उत्साहजनक बोलिए। अच्छे लोगों का साथ कीजिए, ताकि आप अच्छा सुन भी सकें। आप प्रतिदिन कई लोगों से मिलते होंगे। यदि कोई व्यक्ति खराब बातें कहता है, तो आप एकदम से कह देते हैं कि वह अच्छा इनसान नहीं है।

ध्यान रखिए, आपके शब्दों से आपके व्यक्तित्व का निर्धारण भी होता है। लोग बोलने के तरीके से आपके बारे में कल्पना कर लेते हैं कि आप कैसे व्यक्ति हो सकते हैं।

लेकिन कभी-कभी आपने देखा होगा कि कुछ लोग ऐसे भी होते हैं कि उन पर किसी तरह के शब्दों का कोई प्रभाव नहीं पड़ता। ऐसे ही लोगों के लिए हिंदी का एक प्रचलित मुहावरा है–"चिकना घड़ा होना।"

अर्थात् ऐसा व्यक्ति जो अपने ऊपर किसी भी तरह के शब्दों का कोई प्रभाव अनुभव नहीं करता. तो क्या शब्द-शक्ति यहां पर निष्फल हो गई?

नहीं, नहीं, बिल्कुल नहीं।

आप स्वयं के द्वारा सुने हुए उन्हीं शब्दों का प्रभाव अनुभव करते हैं, जिन्हें आप अपने अंतःकरण से स्वीकार करते हैं। ठीक इसी प्रकार आप स्वयं जिन शब्दों का उच्चारण करते हैं, वे शब्द तभी आपको या सामने वाले को प्रभावित करते हैं, जबकि वे आपके अंतःकरण को स्वीकार होते हैं। उनके उच्चारण में आपका आत्मबल छिपा होता है। अन्यथा आपके शब्द निर्जीव हैं, वे सामने वाले को प्रभावित नहीं कर पाते।

सच तो यह है कि सफलता पाने के लिए जितनी भी शर्तें हैं, अधिकांश शर्तों की जनक आपकी आंतरिक शक्तियां ही होती हैं। मैं विश्वास के साथ कह सकता हूं कि आप सभी जानते हैं कि आत्मविश्वास, दृढ़ इच्छाशक्ति, जीत की भावना आदि सफलता के मूल मंत्र हैं। लेकिन केवल आपके जानने से कुछ नहीं होता। प्रश्न है कि आप इन आवश्यकताओं को अपने अंतःकरण में भी धारण कर पाते हैं या नहीं। बस, यही एक बिंदु है जो सफल एवं असफल व्यक्ति में भेद कर देता है। इसलिए सफल होने के लिए आपकी आत्मा का विकास भी

आवश्यक है। आत्मा के विकास के लिए आवश्यक है कि आप हर परिस्थिति का धैर्यपूर्वक सामना करें। आप नैतिक बनें, तभी आप अपनी आत्मा का विकास कर पाएंगे एवं ऐसी ही स्थिति में आप जो भी बोलेंगे, सुनेंगे, अनुभव करेंगे, वो आपके अंतःकरण से ही जन्म लेगा।

एक लड़का था। वह अपने जीवन में बार-बार असफल हो जाता। उसे बहुत समझाया जाता, लेकिन वह कुछ भी समझने को तैयार न होता।

एक बार उसके एक मित्र ने उससे कहा, "सुरेश तुम स्वयं पर विश्वास करो एवं मन लगाकर परिश्रम करो। अभी भी कुछ नहीं बिगड़ा है, तुम्हें कामयाबी अवश्य मिलेगी। मित्र! आत्मविश्वास बहुत बड़ी शक्ति है।"

"यह तो सभी जानते हैं। कोई नई बात बताओ।" उसका जवाब था।

आप क्या समझते हैं? क्या वह वास्तव में आत्मविश्वास की शक्ति का महत्व जानता है? नहीं! ऐसा नहीं है। उसने सुन या पढ़ तो रखा होगा, किंतु उसका अंतर्मन इतना मजबूत न था। क्योंकि आत्मविश्वास तो अंतर्मन से ही उपजता है, वही उसका स्रोत है।

इसलिए याद रखिए, आपको अपनी आंतरिक शक्तियों का विकास करना है, उन्हें अत्यंत शक्तिशाली बनाना है। तभी आपको बोले हुए शब्दों का उचित प्रभाव पता चलेगा और दूसरे के कहे शब्दों का सही विश्लेषण कर पाएंगे।

शब्द शक्ति का उपयोग अपनी प्रगति के लिए कीजिए। उत्साहजनक बोलिए। कभी निराशाजनक शब्दों का उच्चारण न कीजिए। आप अंदर से इतने मजबूत हो जाएंगे, तो आपको पता भी न लगेगा कि कामयाबी आपकी राह में खड़ी कब से आपकी प्रतीक्षा कर रही है।

आत्मालाप की शक्ति

मेरा एक मित्र है। एक बार बचपन में उसे खांसी हो गई। जब अधिक दिनों तक खांसी ठीक न हो सकी, तो उसे संदेह हुआ कि कहीं उसे किसी गंभीर रोग ने तो नहीं जकड़ लिया। धीरे-धीरे उसकी यह धारणा पक्की होती गई और वह सोचने लगा कि वह किसी भयंकर रोग का शिकार हो चुका है। अब उसकी मृत्यु निश्चित है। अब तो वह दिन-पर-दिन कमजोर होता गया। उसने अध्ययन

करना छोड़ दिया। उसका किसी काम में मन नहीं लगता। उसके गिरते स्वास्थ्य से घर के लोग भी परेशान थे। डॉक्टर्स की दवा का कोई असर न होता था। अंततः उसका ब्लड चेक कराया गया। जब पता लगा कि उसकी ब्लड रिपोर्ट बिल्कुल ठीक है, तब उसके मन का भय निकला। अब वह सोचता है कि मैं व्यर्थ ही सोचता था। मैं तो बीमार नहीं हूं, बल्कि पूरी तरह स्वस्थ हूं। कुछ ही दिनों में वह पूर्णतया स्वस्थ हो गया। यह तो रही सोच के शरीर पर प्रभाव की शक्ति।

आत्मालाप करके आप इन बुरे प्रभावों का निवारण स्वयं कर सकते हैं। ऐसा करने के लिए आपको किसी विशेष प्रयास की आवश्यकता नहीं होती। आप कहीं एकांत तलाश कीजिए एवं अपने अंतर्मन से अपनी परेशानी के बारे में वार्तालाप कीजिए, आपको ऐसा करने से लाभ अवश्य मिलेगा। आप स्वयं से प्रश्न पूछिए एवं उसका जवाब दीजिए। संतुष्ट न होने की स्थिति में आप पुनः प्रश्न कीजिए। अंततः आपको संतोषजनक जवाब अवश्य मिलेगा।

एक व्यक्ति था। वह बेहद संकोची था। वह भीड़ में जाने से डरता, लोगों से मिलने में डरता, उसके अनुसार कभी-कभी तो उसे स्वयं से ही डर लगने लगता। एक बार वह एक डॉक्टर के पास अपनी समस्या लेकर पहुंचा।

डॉक्टर ने कहा, ''आपके साथ कोई समस्या नहीं है। बस, जो थोड़ी-सी कमी है, वो मनोवैज्ञानिक है। क्या आप जानते हैं कि ऐसा कौन-सा कारण है, जिनसे आप भयभीत रहते हैं।''

''नहीं, मैं ऐसा कोई कारण नहीं जानता''—उसने कहा।

''कोई कारण ही नहीं है, जो आप जानेंगे। आप बस, एक वहम के शिकार हैं मैं एक छोटी एवं सरल प्रक्रिया बताता हूं, आप उस पर अमल कीजिए, तो आपके कष्टों का निवारण होगा। आप खुद से एकांत में कहिए कि आपको किसी से कोई डर नहीं है। आपने ऐसा कोई कार्य नहीं किया है, जिससे आपको डरना पड़े। आप सारे कार्य कर सकते हैं। आप एक दर्पण की मदद भी ले सकते हैं। दर्पण को सामने रखिए एवं मुख से जोर-जोर से इन बातों का उच्चारण कीजिए।''

उस व्यक्ति ने ऐसा ही किया। शीघ्र ही वह भयमुक्त होकर हंसमुख बन गया। अब उसे किसी से कोई भी भय नहीं लगता।

मित्रो! विचार एवं आत्मालाप की शक्ति में कोई अधिक अंतर नहीं है। बस, दोनों के उद्देश्य थोड़े अलग हैं। आप किसी भी वस्तु को पाने का विचार करते हैं, आप कोई भी कार्य करने का विचार करते हैं। आप विचार करते हैं कि किस लक्ष्य को पाने के लिए किस मार्ग से आगे बढ़ना है। आपके अच्छे एवं बुरे विचारों का प्रभाव भी अच्छा या बुरा ही पड़ता है। ठीक यही सिद्धांत आत्मालाप की शक्ति पर भी कार्य करता है। आप स्वयं से जैसी बातें करते हैं, वैसे ही बनते जाते हैं। आपका अंतर्मन सदैव आपकी देखभाल करता है। वह आपको कभी गलत कार्य करने की प्रेरणा नहीं देता। आप जब भी कोई गलत कार्य करना चाहते हैं, तो वह आपका विरोध करता है। अब यह अलग बात है कि आप अंतर्मन की आवाज को अनसुना करके गलत कार्य कर ही जाते हैं। अंततः आप पछताते हैं, मानसिक तनाव के शिकार होते हैं एवं असफलता, अपयश और कुंठा के अधिकारी बनते हैं।

जब आपका अंतर्मन इतना अधिक विश्वसनीय है, तो फिर क्यों न उसका लाभ उठाएं। अपनी परेशानियों के बारे में उससे बातें करें। विश्वास कीजिए कि आपको अपनी मुसीबतें दूर करने में मदद अवश्य मिलेगी।

दो मित्र थे। दोनों ही एक बार कठिन परिस्थितियों में फंस गए। कोई रास्ता न सूझा, तो हताश होकर नशा करने लगे। जल्दी ही वे नशे के आदी बन गए। अब तो अपनी आवश्यकताएं पूरी करने को वे अपने घर पर चोरी भी करने लगे। दोनों ही मित्र अच्छे परिवारों से थे। अतएव उन्हें स्वयं से ही घृणा होने लगी, लेकिन नशे की इच्छा होते ही वे अपने आपको रोक न पाते।

अंततः वे अपनी गंदी आदतों से छुटकारा पाने के लिए एक महात्मा से मिले। महात्मा ने उन्हें आत्मालाप की शक्ति का ज्ञान कराया।

तब वे एकांत में स्वयं से कहने लगे, ''हम कोई नशा नहीं करते, हमने नशा करना छोड़ दिया है, अब हम कभी चोरी नहीं करेंगे।

कुछ ही दिनों में दोनों ही एकदम सुधर गए। उन्होंने नशे से पूर्णतया मुक्ति पा ली।

जब हम अपनी गलतियों को मन से स्वीकार कर लेते हैं और उन्हें दूर करने के लिए ईमानदारी से प्रयास करते हैं, तो फिर कोई विवशता हमारे सामने नहीं टिकती।

इसलिए आत्मालाप की शक्ति का सदुपयोग कीजिए। ये आपको बताएगी कि कौन से मार्ग पर चलकर आपको कामयाबी का सुख मिलेगा। साथ ही पूरी ईमानदारी से अपनी गलतियों को समझकर दूर करने की दृढ़ इच्छाशक्ति जगाइए। आपके लिए कुछ भी असंभव नहीं रह जाएगा।

दृढ़ इच्छाशक्ति

दृढ़ इच्छाशक्ति अनुशासन की जननी है। प्रत्येक व्यक्ति के पास यह एक ऐसा खजाना है, जिसका उपयोग करके वह संसार की किसी भी वस्तु को पा सकता है। चाहे स्त्री हो या पुरुष, निर्धन हो या धनी, सभी के पास यह अनमोल शक्ति होती है। बस, अंतर सिर्फ इतना होता है कि जो इसे जागृत कर लेता है, वो तो महानता एवं सफलता के पथ पर गतिमान होता जाता है और जो इसे सुप्त अवस्था में ही रहने देता है, वो सफलता के स्वप्न ही देखता रह जाता है, उन्हें पूर्ण नहीं कर पाता है।

एक छोटा-सा बालक था। एक बार उसके पैर में एक फोड़ा निकल आया। पर्याप्त उपचार के बाद भी जब वह फोड़ा ठीक नहीं हुआ, तो वैद्य ने उससे कहा कि अब उसका एकमात्र उपाय है कि इसे फोड़ दिया जाए। बालक ने वैद्य से ऐसा करने को कहा, पर वैद्य यह सोचकर ऐसा करने का साहस न कर सका कि यह मासूम बच्चा इस कष्ट को कैसे सहन कर पाएगा? अंततः उस मासूम बच्चे ने एक सरिया गर्म करवाया एवं उस गर्म सरिये को उनके सामने ही अपने फोड़े पर रखकर उसे फोड़ दिया। बच्चे के मुख से एक आह भी न निकली। सभी यह देखकर हैरान थे। अद्भुत दृढ़ इच्छाशक्ति वाला यह बच्चा कोई और नहीं, भारतीय इतिहास का एक गौरवशाली नक्षत्र वल्लभ भाई पटेल था। इन्हीं वल्लभ भाई पटेल ने बेहद अल्प समय में विभिन्न रियासतों को भारत में मिलाकर अखंड भारत की नींव डाली थी।

महान लोगों में बस यही तो विशेषताएं होती हैं। इतिहास का प्रत्येक पल चीख-चीख कर कहता है कि जब भी किसी साधारण व्यक्ति ने कोई ऊंचा स्वप्न देखा, तो तत्कालीन समाज ने उनका उपहास उड़ाया, उन्हें हंसी का पात्र बनाया। उन्होंने अत्यंत कठिन दिनों का सामना किया। कई बार असफल हुए, कई बार गिरे। लोगों ने कहा कि यह पागल हो गया है, वह स्वयं को बर्बाद करेगा। यह

कहीं का न रहेगा, लेकिन उस व्यक्ति ने आत्मविश्वास एवं दृढ़ इच्छाशक्ति के सहारे आगे बढ़ना जारी रखा। उसने समाज की परवाह न की। लोग उसके बारे में क्या कहते हैं, कभी इस पर ध्यान नहीं दिया। अंततः उसे अपने उद्देश्य में सफलता मिली। सर्वप्रथम लोग हतप्रभ हुए, फिर प्रशंसा की और अब स्थिति यह है कि हम उन महापुरुषों को बार-बार याद करते हैं, उन्हें अपना प्रेरणास्रोत बनाते हैं। पर क्या उन्हें प्रेरणास्रोत बना लेना ही आपके लिए पर्याप्त है।

नहीं, उनसे सीख लीजिए। जानिए कि वे कैसे इतने उच्च स्तर तक पहुंचे। अधिक नहीं, तो उनसे कुछ तो सीखिए। उनका एक भी गुण आपने धारण कर लिया, तो आप महान बनें या न बनें, लेकिन एक सफल जीवन अवश्य जी पाएंगे। अपने अंदर छिपी इच्छा-शक्ति को जागृत कीजिए। उसका विकास कीजिए, उसे बलवान बनाइए। ऐसे विचार रखिए कि यदि आपने कह दिया कि पर्वत मेरा रास्ता छोड़ दो, तो पर्वत रास्ता छोड़ ही देगा। कुछ लोग बिना विचार किए कह देते हैं कि यह तो कोरी कल्पना है।

यह उनका दुर्भाग्य है कि वे शब्द के अर्थ और अपनी शक्ति पर विचार नहीं करते। माना कि किसी के कहने मात्र से पर्वत रास्ता नहीं छोड़ देगा, लेकिन यदि आपके विचार बलवान न होंगे, आप में विश्वास एवं दृढ़ इच्छा-शक्ति के स्रोत न होंगे, तो कैसे कोई बड़ा लक्ष्य प्राप्त कर सकेंगे। आप शब्दों पर नहीं, विचारों पर जाइए। मजबूत इरादों से तो इनसान दुनिया बदल सकता है। इतिहास इसका साक्षी है। विश्वास कीजिए कि आप भी सभी कुछ कर सकते हैं, पर सभी कुछ करने के लिए आपको अपने अंदर का सभी कुछ जागृत करना पड़ेगा।

दुर्भाग्य तो यह है कि कुछ लोग बड़ी-बड़ी बातें कह तो देते हैं, लेकिन कभी उनके आस-पास भी नहीं जा पाते। बस, फर्क यही है कि वे अपने अंदर झांककर नहीं देखते। केवल बोलने से कुछ नहीं होता, उसके लिए परिश्रम भी करना पड़ता है। अपनी आंतरिक शक्तियों को जगाना पड़ता है, तभी कुछ पाना संभव है।

स्वामी विवेकानंद ने कहा है—पवित्र और दृढ़ इच्छाशक्ति सर्वशक्तिमान है। इसके सामने हर वस्तु झुक जाती है। क्या तुम इसमें विश्वास करते हो? तुम अपने जीवाणुकोष की अवस्था से लेकर इस मनुष्य शरीर तक की अवस्था का निरीक्षण करो। यह सब किसने किया? तुम्हारी अपनी इच्छाशक्ति ने। यह इच्छाशक्ति सर्वशक्तिमान है, क्या तुम स्वीकार कर सकते हो? जो तुम्हें यहां तक

लाई, वही अब भी तुम्हें और ऊंचे ले जा सकती है। तुम्हें केवल चरित्रवान होने और अपनी इच्छाशक्ति को अधिक बलवती बनाने की ही आवश्यकता है।

मित्रो! यही है जीवन में कामयाब होने का मूल मंत्र। आपको फिडीपिडीज का नाम अवश्य याद होगा। यदि नहीं, तो याद करो मैराथन की उस दौड़ को, जो उसने पैदल भाग कर पूरी की। उसके देश पर आक्रमण होने वाला था, लेकिन आक्रमण करने का जो एकमात्र साधन एक लकड़ी का पुल था, उसे तोड़ डाला गया, क्योंकि फिडीपिडीज ने सही समय पर आकर आक्रमण की योजना के बारे में बता दिया था। इसके लिए उसने एक लंबी दूरी दौड़कर पूरी की। क्या वह ऐसा करने में थका न होगा, क्या उसे अपनी सांसें छूटती महसूस न हुई होंगी। लेकिन उसमें दृढ़ इच्छाशक्ति की अदम्य शक्ति थी, साहस था, आत्मविश्वास था। क्या आप जानते हैं कि इस दौड़ को पूरा करने के तुरंत बाद ही फिडीपिडीज की मृत्यु हो गई थी। लेकिन वह अपना कार्य पूर्ण कर चुका था, उसने अपना बलिदान देकर देश को बचा लिया था।

ऐसे ही एक नहीं, हजारों उदाहरण आपको इतिहास में मिल जाएंगे, जबकि लोगों ने दृढ़ इच्छाशक्ति के बल पर अद्‌भुत कारनामों को अंजाम दिया। आप भी ऐसा कर सकते हैं। लेकिन इसके लिए आपको अपने अंदर की इस अद्‌भुत शक्ति को पहचानना होगा, इसका उपयोग करना होगा, तभी ऐसा संभव है।

जब आज मानव ने चांद पर विजय प्राप्त कर ली है, अद्‌भुत कार्यों को संभव कर दिखाया है, तो क्या आप अपने जीवन को सफल भी नहीं बना सकते। विश्वास कीजिए, कामयाबी पाने के लिए जिन चीजों की, जिन शर्तों की आवश्यकता है, वे सब आपके अंदर ही छिपी हैं।

एक बार झांकिए तो, आपको अपने ही अंदर शक्तियों का अथाह भंडार मिलेगा। अपनी आंतरिक शक्तियों को जागृत कीजिए। फिर देखिए, आज जो लोग आपकी उपेक्षा करते हैं, वही लोग प्रशंसा करेंगे।

तो फिर उठिए न! किस विचार में खोए हैं आप। वक्त आपका इंतजार नहीं करेगा। इस संसार में कोई भी वस्तु मांगने से, चमत्कार से, किसी की कृपा से नहीं, बल्कि पुरुषार्थ से मिलती है। आपको अपना लक्ष्य छीनने की कला सीखनी होगी और इसके लिए आपको महामानव बनना है। दृढ़ इच्छाशक्ति, आत्मविश्वास, साहस आदि सभी गुणों की जागृत अवस्था ही आपको महामानव बना सकती है।

केवल उपदेश न दें, आचरण करें

शब्द-शक्ति का अपना एक अलग ही महत्व है, लेकिन यह निर्भर इस बात पर करती है कि किस समय आपको क्या करना है। कुछ परिस्थितियां ऐसी भी होती हैं, जहां पर आपको स्वयं आगे बढ़कर कुछ करना होता है, केवल उपदेश देने से काम नहीं चलता।

एक बार दो मित्र एक जंगल में घूम रहे थे। उनमें से एक अधिक शरारत कर रहा था। दूसरे मित्र ने उसे समझाया कि अधिक शरारत न करो, इस जंगल के बारे में हम बहुत कम जानते हैं, कहीं कोई अनहोनी हो गई तो?

पर पहले मित्र ने उसकी बात न मानी। वह उसी प्रकार शरारत करता रहा। अंततः वह अनजाने में एक गड्ढे में गिर गया। उसे भयंकर चोट आ गई।

दूसरा मित्र उससे कहने लगा, "मैं तुमसे कहता था कि अधिक शरारत न करो, पर तुम नहीं माने। लो अब भुगतो अपनी शरारत का परिणाम।

जबकि गड्ढे में गिरा हुआ उसका दोस्त दर्द से तड़प रहा था।

तभी उधर से एक अनजान व्यक्ति आया एवं उसने पहले मित्र को गड्ढे से बाहर निकाला एवं दूसरे मित्र से कहा, "हमेशा उपदेश देने से ही आपका कर्तव्य पूर्ण नहीं हो जाता। इस समय तो पहले आपको इसकी चिंता होनी चाहिए और आप यहां खड़े उपदेश दे रहे हैं।"

दूसरे मित्र ने शर्म से अपना सिर झुका लिया।

याद रखिए, आपको इस बात की समझ भली भांति होनी चाहिए कि कहां पर आपको किन शब्दों का प्रयोग करना है एवं कहां पर स्वयं आगे बढ़कर वैसा ही कर दिखाना है, जैसा आप दूसरे से आशा करते हैं।

कुछ लोग ऐसे भी होते हैं कि दूसरे को उपदेश देते समय तो ऐसा लगता है कि वे बहुत ही ज्ञानी पुरुष हैं, लेकिन वही बातें स्वयं उनके आचरण में नहीं होतीं। यह अच्छी बात नहीं है। किसी को उपदेश देने से पहले आप स्वयं अपना आचरण वैसा बनाइए, वरना आपके उपदेश को सुनने वाला कोई न होगा। जो प्रभाव दूसरों पर आप अपने आचरण से डाल सकते हैं, वह प्रभाव आप उपदेश देकर नहीं डाल सकते। एक विद्वान ने कहा था कि बड़े लोग जो बच्चों को सिखाते

हैं, यदि वे उस पर स्वयं अमल करें, तो यह दुनिया स्वर्ग बन जाए। ठीक ही तो कहा गया है, जो आप दूसरों को सिखाते हैं, उस पर स्वयं भी तो अमल कीजिए। आप सभी जानते हैं कि क्या अच्छा है एवं क्या बुरा, आवश्यकता पड़ने पर आप दूसरों को बोल भी देते हैं। पर विचार कीजिए कि यदि वे सारी अच्छाइयां आपके अंदर हों, तो आप स्वयं को कामयाबी के कितने नजदीक पाएंगे। आपके आचरण का दूसरों पर बहुत जल्दी प्रभाव पड़ता है। इसकी एक अत्यंत रोचक घटना मैं आपको बताता हूं।

एक बार मैं बस से राखी का त्योहार मनाने दिल्ली से बरेली जा रहा था। मैं बस में सबसे पीछे वाली सीट पर बैठा हुआ था। अचानक मैंने बस परिचालक एवं एक यात्री के बीच विवाद होते देखा। जानने पर ज्ञात हुआ कि उस यात्री के पास केवल 90 रुपए थे, जबकि उसे सुल्तानपुर तक जाना था, जहां का किराया 271 रुपए था। यात्री बस परिचालक से प्रार्थना कर रहा था कि वह उसकी मदद करे, जबकि उनका जवाब था कि मैं पैसे अपनी जेब से तो भरूंगा नहीं, यह सरकारी नौकरी है, कहीं मेरी नौकरी चली गई तो?

अचानक बस में एक व्यक्ति ने उस यात्री को अपने पास बुलाया। उससे एक दो प्रश्न किए एवं अचानक ही उसने अपनी जेब से एक दस रुपए का नोट निकाला एवं जोर से कहा, "भाई सभी लोग दस-दस रुपए दें, तो उस व्यक्ति का काम हो जाएगा। देखते-ही-देखते यात्रियों ने दस-दस रुपए उसे दे दिए और इस प्रकार उस यात्री के टिकट के लिए पर्याप्त रुपए एकत्रित हो गए।

यदि उस व्यक्ति ने केवल कहा होता तो शायद कोई एक रुपया भी देने को तैयार नहीं होता, लेकिन उसने स्वयं शुरुआत की, जिसका तुरंत प्रभाव पड़ा। इसलिए ध्यान रखिए कि जो शिक्षा आप दूसरों को देना चाहते हैं। क्या आपने स्वयं उसे अपने आचरण में अपनाया है?

सफल होने के लिए जिज्ञासु बनिए

क्या आप महान वैज्ञानिक एडीसन के बचपन की कुछ घटनाओं के बारे में जानते हैं?

जब वह छोटे थे, तो उन्होंने देखा कि जब मुर्गी अंडे पर बैठ जाती है, तब उसके बच्चे का जन्म होता है। ऐसा विचार करके वे भी एक अंडे पर बैठ गए, जिससे कि एक बच्चे का जन्म हो सके। पर अंडा फूट गया एवं कपड़े खराब हो जाने की वजह से उनको डांट पड़ी।

जिज्ञासु बनकर रहो एवं सदैव कुछ नई बातें सीखते रहो, लेकिन अपनी जिज्ञासा का अनुचित प्रदर्शन मत करो।
—चेस्टरफील्ड

एक बार उन्होंने सोचा कि जब पक्षी उड़ सकते हैं, तो इनसान क्यों नहीं? तब उन्होंने यह जानने का प्रयास किया कि पक्षी एवं इनसान में ऐसा कौन-सा अंतर है, जिससे यह विविधता है। अंततः नन्हे एडीसन को लगा कि पक्षी कीड़े-मकोड़े खाते हैं, इसलिए वे उड़ सकते हैं। अपने विचारों की सत्यता ज्ञात करने के लिए एडीसन ने कुछ कीड़े-मकोड़े पकड़े एवं उन्हें पीसकर उनका चूर्ण बनाकर पानी में घोला और नौकरानी की लड़की को पिला दिया। परिणामस्वरूप वह बीमार पड़ गई।

एडीसन के जीवन से जुड़ी ये घटनाएं चाहे कैसी भी हों, लेकिन एक बात तो स्पष्ट है कि उनके अंदर तीव्र जिज्ञासा थी, उनकी इसी जिज्ञासा ने, तीव्र लालसा ने उन्हें विश्व का एक महान वैज्ञानिक बना दिया।

याद रखिए, यदि आप में प्रति पल कुछ नया सीखने की जिज्ञासा है, तो आपके ज्ञान का भंडार बढ़ता ही जाता है। जिसके पास ज्ञान है, उसमें आत्मविश्वास

भी है यदि आत्मविश्वास है तो साहस भी है, क्योंकि आत्मविश्वास ही साहस का जनक है। किसी भी लक्ष्य को पाने का आत्मविश्वास यदि आप में है, तभी तो आप उसकी ओर बढ़ने का साहस कर पाएंगे।

आपके सामने प्रतिदिन कुछ घटनाएं होती हैं। कुछ लोग उन घटनाओं को देखकर कहते हैं कि ऐसा घटित हो गया। जबकि कुछ लोग कहते हैं कि ऐसा क्यों हो गया? वहीं कोई तीसरा व्यक्ति उसी घटना को लेकर अपने विचार अलग ढंग से प्रस्तुत करता है। घटना एक ही है, विचार अलग-अलग हैं।

किसी भी घटना को देखकर आप कैसे विचार व्यक्त करेंगे, यह आपके दृष्टिकोण पर आधारित है। वह व्यक्ति जिसने केवल इतना कहा कि ऐसा घटित हो गया, वह संवेदनशीलता से परे है, जबकि जिन्होंने कुछ विचार व्यक्त किए, वे संवेदनशील व्यक्तियों की श्रेणी में आते हैं और जिसने घटना को लेकर बिल्कुल ठीक विचार प्रस्तुत किए, वह समझदार, संवेदनशील व्यक्तियों की श्रेणी में आता है और वही सफलता की सीढ़ियां चढ़ता है। आपको जानना चाहिए कि जहां आप रहते हैं, जिस तरह के परिवेश में आप प्रगति कर रहे हैं, वहां आपके आसपास क्या घटित हो रहा है। निःसंदेह उनमें से कुछ घटनाएं ऐसी भी होंगी, जिनसे आप कुछ सीख भी पाएंगे।

> **जिज्ञासा के बिना ज्ञान नहीं होता।**
>
> ***–महात्मा गांधी***

जिज्ञासा और संवेदनशीलता में अत्यंत गहरा संबंध है। यदि आप में जिज्ञासा है, तभी आप संवेदनशील हैं और यदि ये दोनों ही चीजें मौजूद हैं, तभी आप लगातार कुछ सीखते जाते हैं।

एक बार रात्रि के बारह बजे तीन लोग टहलने जा रहे थे। रास्ते में उन्होंने देखा कि एक दुकान के अंदर कुछ रोशनी हो रही है।

एक ने कहा, "दुकान में अंदर प्रकाश है।"

दूसरे ने कहा, "दुकानदार बेवकूफ है, जो लाइट जलती हुई छोड़कर चला गया है।"

तीसरे ने कहा, "चलो देखते हैं, कहीं कोई चोरी तो नहीं कर रहा है।"

तीनों लोग दुकान के पास गए। वहां जाने पर उन्होंने देखा कि दुकान का दरवाजा तो खुला हुआ है और वास्तव में कुछ लोग चोरी कर रहे थे। तब तीनों ने उस दुकान को लुटने से बचाया।

यह तो अलग-अलग दृष्टिकोण का सिर्फ एक उदाहरण है। विश्वास कीजिए, आपके जीवन में ऐसी कई घटनाएं होती हैं, जिनसे आप कुछ सीख सकते हैं। ऐसी कई बातें सामने आती हैं, जिनका सामना करने पर यदि आप जिज्ञासु हैं, तो बहुत कुछ अर्जित कर सकते हैं। न्यूटन से पहले भी कई लोगों ने फल को पेड़ से गिरते देखा था। जेम्सवॉट से पहले भी लोगों ने भाप के प्रभाव से केतली के ढक्कन को उठते-गिरते देखा था। एडीसन से पहले भी लोगों ने पक्षियों को उड़ते देखा था। मगर उन लोगों ने कोई नियम, सिद्धांत नहीं दिया। कोई इंजन, कोई जहाज नहीं बनाया, जबकि वे लोग तो महानता के स्तर तक पहुंचे। सफलता की नींव इन्हीं छोटी-छोटी बातों से मिलकर बनती है। यदि आप जिज्ञासु हैं, संवेदनशील हैं, तो किसी भी तथ्य की सच्चाई तक आप भी दूसरों से पहले पहुंचकर स्वयं को कामयाब बना सकते हैं।

हम सभी अकसर गलतियां करते हैं, मगर हममें से कितने लोग इन गलतियों से कोई सबक लेते हैं। भूल करना तो मानव का स्वभाव है, लेकिन जब आप में से कोई अपनी भूल का सुधार करके आगे बढ़ता है, तो आपकी वही भूल भविष्य में आपकी सफलता का कारण बन जाती है। इसके लिए आप में संवेदनशीलता का होना आवश्यक है।

जिज्ञासा एक बड़ी वस्तु है। यदि आपके अंदर जिज्ञासा है, तो आप बड़े से बड़े कार्यों को सीख जाते हैं। पर यदि आपके अंदर जिज्ञासा ही नहीं है, तब यह कैसे संभव है? और क्यों संभव है? आप किसी कार्य की शुरुआत करते हैं। एक बार असफल होते हैं। यदि आपके अंदर जिज्ञासा है कि उस कार्य में आप क्यों असफल हुए?

यदि आप में यह जानने की अभिलाषा है कि उस कार्य की बारीकियां क्या हैं? तभी तो आप उसे पुनः प्रारंभ करने का साहस करेंगे, अन्यथा आप उसे वहीं छोड़ देंगे। यही कारण है कि जिज्ञासु प्रवृत्ति के लोग जुझारू होते हैं। वे आसानी से हार नहीं मानते और अंततः लक्ष्य हासिल करके रहते हैं।

अपने कार्य के प्रति निष्ठा की भावना भी जिज्ञासा से ही जन्म लेती है। ऐसा व्यक्ति अपने कार्य को पूरा मन लगाकर करता है एवं परिणामतः उसे पूर्ण करके ही छोड़ता है।

बड़ों के अनुभव से सीखिए

इनसान का जीवन प्रमुखतः तीन अवस्थाओं में विभाजित होता है। बचपन, जवानी और वृद्धावस्था। जवानी इन तीनों ही अवस्थाओं में सर्वाधिक गौरवपूर्ण अवस्था

होती है। इनसान में सबसे अधिक जोश एवं ऊर्जा इसी अवस्था में होती है। इस समय वह कुछ भी कर सकता है। शक्ति का निरंतर प्रवाह उसे किसी भी ऊंचाई पर खड़ा कर सकता है। लेकिन अकसर कुछ लोग अपनी सोच के आगे बड़े एवं अधिक अनुभव वाले लोगों के विचारों को गंभीरता से नहीं लेते। यह सफलता की राह में आने वाली एक बड़ी बाधा है। जिस तरह से स्वच्छंद बहता हुआ जल बाढ़ कहलाता है और बाढ़ गांव के गांव तबाह कर देती है, बस्तियां उजाड़ देती है। जब इसी जल को हम सही दिशा में प्रवाह देते हैं, तो यह हमें अगणित सुविधाएं प्रदान करता है। सीधी-सी बात है कि महत्वपूर्ण यह नहीं है कि आप शक्तिशाली हैं, महत्वपूर्ण तो यह है कि आप अपनी शक्तियों को किस दिशा में लगा रहे हैं। ऐसी स्थिति में बड़े लोगों के अनुभवों से बहुत कुछ सीखा जा सकता है, क्योंकि जिस क्षेत्र में आप सफल होना चाहते हैं, उसी क्षेत्र में आपसे पहले सफल हो चुके लोगों के पास कहीं अधिक अनुभव है, जो आपको सफलता की नई ऊंचाइयां दिलाने की राह आसान बना सकते हैं। यदि आप ऐसा करने में सफल हो जाते हैं, तो कामयाबी मिलने की संभावनाएं बढ़ जाती हैं।

पथ प्रदर्शक में आस्था

संत कबीर ने कहा है :

गुरु गोविंद दोऊ खड़े, काके लागूं पांय।
बलिहारी गुरु आपने, गोविंद दियो बताय।।

अर्थात् मेरे सामने गुरु एवं ईश्वर खड़े हुए हैं, मुझे किसकी वंदना करनी चाहिए। मैं विचार करता हूं कि मुझे गुरु की ही वंदना पहले करनी चाहिए, क्योंकि यह गुरु ही थे, जिन्होंने मुझे ईश्वर तक पहुंचने का मार्ग बताया।

ठीक इसी प्रकार आपको अपने पथ-प्रदर्शक में आस्था रखनी चाहिए, क्योंकि तभी आप उनके मार्गदर्शन का उचित लाभ ले पाएंगे। आस्था एक बड़ी चीज है। मान लीजिए कि आप कोई गाड़ी ड्राइव करते हैं। आप उसके अच्छे ड्राइवर तभी हो सकते हैं, जबकि आपको उसकी मशीनों पर विश्वास होगा, तभी तो आप उसे किसी भी तरह से कितनी भी तेजी से ड्राइव कर सकते हैं। ठीक यही तथ्य हमारे जीवन पर भी लागू होता है।

एक विद्यार्थी भौतिक विज्ञान एवं गणित पढ़ने जाता था। साथियों ने उसे बताया कि गणित के अध्यापक अच्छे नहीं हैं। विद्यार्थी अब उनकी क्लास में बिल्कुल भी ध्यान नहीं देता। धीरे-धीरे उसका मन गणित से उचटता गया। परिणाम

यह हुआ कि वह जितनी गणित जानता था, अभ्यास के अभाव में वो भी भूल गया।

यह बात जब उसके पिता को पता चली तो, उन्होंने बस इतना कहा कि वह तुम्हें जितना भी सिखा सकते थे, तुमने आस्था न रखकर वह भी हासिल नहीं किया।

इसलिए किसी भी क्षेत्र में किसी व्यक्ति से मार्गदर्शन लेने का सर्वश्रेष्ठ तरीका है कि आप उस पर आस्था रखें, पर ध्यान रखिए किसी पर भी आस्था रखने से पहले दो बातें सुनिश्चित कर लेनी चाहिए कि क्या आपको उचित मार्गदर्शन मिल सकेगा? दूसरी यह कि आपको उससे केवल मार्गदर्शन मिलना है, इसके बाद तो आगे का सफर आपको खुद तय करना है।

ऊंचे स्वप्न देखिए

प्रश्न है कि इस दुनिया को इतना खूबसूरत किसने बनाया? प्रश्न है कि संसार में घटित होने वाली ऐसी घटनाओं का जिम्मेदार कौन है, जो मानव-सभ्यता के लिए लाभकारी भी है एवं आश्चर्यजनक भी।

जवाब है, जिन्होंने प्रचंड सपने देखने का साहस किया, जिन्होंने अपने लक्ष्य को ऐसा बनाया जो परंपरा से थोड़ा हटकर हो, उन्हीं लोगों ने इस दुनिया को खूबसूरत बनाया है। दुनिया के महान फिल्मकार और वाल्ट डिजनी के संस्थापक डिजनी कहा करते थे कि अगर तुम सपना देख सकते हो, तो उसे पूरा भी कर सकते हो। आज मानव ने कैसे-कैसे अद्भुत कार्यों को संभव कर दिखाया है। इन कार्यों को करने से पहले निश्चित ही सपने देखे गए होंगे, तभी उन्हें साकार किया जा सका।

एक बार रुपर्ट मर्डोक की एक पार्टी से मुंबई लौटते समय फिल्मकार महेश भट्ट ने धीरू भाई अंबानी के बेटे अनिल अंबानी से पूछा था, "तुम्हारे पिता देश के भविष्य के बारे में क्या कहते हैं?"

अनिल अंबानी ने जवाब दिया, "मेरे पिता सपने देखते हैं कि भारत एक दिन आर्थिक सुपर पावर होगा, पर वहां तक पहुंचने के लिए आवश्यक है कि हम इंडस्ट्री, सरकार और समाज के बीच नई, मजबूत एवं सकारात्मक पार्टनरशिप की शुरुआत करें। वह हम लोगों से यह भी कहते हैं कि अगर मुश्किल परिस्थितियों में भी हम अपने लक्ष्य पर अडिग रहें, अपनी मुश्किलों को अवसरों में बदलें और अपना आत्मबल बनाए रखें, तो लड़खड़ाहट के बावजूद हमें सफलता अवश्य

मिलेगी।" याद रखिए कोई भी व्यक्ति जब स्वप्न देखता है एवं उसे पूर्ण करने के लिए अपना सर्वस्व झोंक देता है, तो अंततः सफलता उसके कदम अवश्य चूमती है।

डॉ. अब्दुल कलाम के विचार हैं कि यदि कोई व्यक्ति छोटे स्वप्न देखता है, तो वह गुनाह करता है, वह अपने जीवन को अर्थहीन बनाता है। आप भी तो बड़े स्वप्न सजा सकते हैं। ईश्वर ने आपको भी तो वही सब कुछ प्रदान किया है, जो दूसरे सफल एवं महान लोगों को प्रदान किया है, तो फिर क्यों अपने जीवन को छोटी-छोटी सफलताओं एवं असफलताओं में उलझाए हुए हैं। यदि कोई स्वप्न ही देखना है, तो छोटा क्यों? बड़े-से-बड़ा देखिए।

स्वामी विवेकानंद, भगत सिंह, आइन्सटीन, नेपोलियन बोनापार्ट, महात्मा गांधी, मदर टेरेसा और न जाने कितने सफल एवं महान लोग। क्या आप इन्हें मृत मानते हैं। नहीं! नहीं! ये लोग तो आज भी जीवित हैं। आप आज भी इन्हें याद करते हैं। क्योंकि इन्होंने बड़े सपने देखे और उन्हें पूरा करके ही दम लिया।

चलिए मान लिया कि आपके पास सुविधाएं नहीं हैं, साधन नहीं हैं, लेकिन संकल्प तो है आपके पास। आत्मविश्वास एवं दृढ़ इच्छाशक्ति तो है आपके पास। साहस तो है आपके पास। भारतीय क्रिकेट के उदीयमान स्टार वीरेंद्र सहवाग के बारे में क्या आप जानते हैं? वे एक आटा चक्की चलाने वाले परिवार से हैं, लेकिन आज सारा विश्व उन्हें जानता है, क्यों?

क्योंकि उन्होंने अपने अंदर आगे बढ़ने की अदम्य इच्छाशक्ति जागृत की और अपने लक्ष्य को पाया। इस संसार में कठिन कुछ भी नहीं है। यदि आप कमजोर नहीं हैं तो। यदि आप कामयाबी के स्वप्न नहीं देख सकते, तो फिर क्या अर्थ है आपके जीवन का? यदि मुसीबतों से लड़ने का साहस नहीं रखते तो क्या अर्थ है आपके पुरुषार्थ का? चलिए, देर मत कीजिए और यदि आप अब भी अकर्मण्य होकर जीवन को बिताना चाहते हैं, तो छोड़ दीजिए अमरता के बारे में सोचना।

तो फिर देर क्यों? वक्त बीतता जाता है। अभी भी आपके पास समय है। चलिए, उठिए और एक संघर्ष के लिए तैयार हो जाइए। जीवन के सच्चे आनंद का भोग कीजिए। जानिए कि संसार का प्रत्येक लक्ष्य आपके लिए बना है।

आशावादी बनिए

आशा उत्साह की जननी है। उत्साह साहस का जनक है। साहस बल है। जहां बल है, वहां कामयाबी है।

आप में से कई लोग कभी-कभी अस्वस्थ हो जाते हैं। यदि आप में आशा है कि आप जल्द ही स्वस्थ हो जाएंगे, तो आप शीघ्रता से स्वास्थ्य लाभ कर पाते हैं। डॉक्टर्स ने यह सिद्ध कर दिया है कि यदि कोई अस्वस्थ व्यक्ति अपनी स्वस्थता को लेकर निराशा-भरी बातें करता है, तो उसे स्वस्थ होने में आशावादी व्यक्ति से कहीं अधिक समय लग जाता है।

आशावादी दृष्टिकोण का प्रयोग आप अपनी प्रगति के लिए कर सकते हैं, अपनी सफलता के लिए कर सकते हैं। आप निराश क्यों हो जाते हैं? जबकि आप जानते हैं कि निराश होने के बाद तो सफलता के लिए कोई सीढ़ी शेष नहीं रह जाती। हां, यदि आप में आशा है, तो अभी भी कुछ नहीं बिगड़ा है, आप सब कुछ पा सकते हैं। आप उम्मीद का दामन न छोड़िए, उम्मीद की एक किरण के सहारे तो आप ऐसे-ऐसे बड़े कार्य कर सकते हैं, जिनके बारे में निराशावादी लोग सोच भी नहीं सकते।

सौरव गांगुली आज भारतीय क्रिकेट टीम के कप्तान हैं। इन्हीं सौरव गांगुली को 1991 के आस्ट्रेलियाई दौरे पर ले जाया गया था। वहां पर उनके अच्छे प्रदर्शन के न चलते उन पर तरह-तरह के आरोप लगाकर टीम से बाहर कर दिया गया, मगर उन्होंने आशा का दामन न छोड़ा। वे अथक परिश्रम करते रहे। उन्होंने भारत की घरेलू क्रिकेट में अच्छा प्रदर्शन करना जारी रखा। अंततः 1996 के इंग्लैंड दौरे पर उन्हें एक और अवसर दिया गया। उन्होंने इस दौरे में क्रिकेट का मक्का कहे जाने वाले मैदान लार्ड्स पर अपनी पहली ही पारी में टेस्ट शतक लगाकर जो शुरुआत की थी, वो आज तक जारी है और अब वह भारतीय क्रिकेट टीम के कप्तान हैं। क्या आप कल्पना कर सकते हैं कि यदि सौरव गांगुली अपनी टीम से निष्कासन पर निराश हो जाते, तो आज वह क्या होते?

मित्रो! असफलताएं तो जीवन का ही एक हिस्सा हैं, असफलताएं ही आपको सफल होने का मार्ग प्रशस्त करती हैं, वही आपको जीत की ओर अग्रसर करती हैं, विजयी होना सिखाती हैं। यदि असफलताएं ही न होंगी, तो आपको सफलता का महत्व कैसे पता लगेगा? आप संसार में कोई ऐसा सफल व्यक्ति तलाश कीजिए,

जिसने असफलता का सामना न किया हो। आपको नहीं मिलेगा। क्योंकि सफलता एवं असफलता, सुख एवं दुख, साधन एवं अभाव यही तो जीवन का काव्य है, संगीत है, इसी में सच्चा आनंद एवं तृप्ति है। इसी से तो व्यक्ति को अपने पुरुषार्थ का ज्ञान होता है।

31 जनवरी, 2002 को दिल्ली के फिरोजशाह कोटला मैदान पर भारत एवं इंग्लैंड के मध्य एक दिवसीय अंतर्राष्ट्रीय मैच का आयोजन हुआ था। उस समय मैं अपनी पुस्तक 'मास्टर ब्लास्टर सचिन तेंदुलकर' लिख रहा था। इस पुस्तक के संदर्भ में मैं उनसे मिलना चाहता था। मैंने उनसे मिलने के लिए बहुत प्रयास किया, लेकिन एक के बाद एक असफलताएं मुझे मिलती जा रही थीं। जहां भी जाता, जो भी योजनाएं बनाता, वे अंततः असफल हो जातीं। यहां तक कि मेरे अपने ही लोगों ने मेरा उपहास किया, लेकिन मैंने उम्मीद का दामन न छोड़ा। थोड़े-थोड़े करके पैसे जोड़े और मुंबई जा पहुंचा। अंततः मुझे सफलता मिली।

याद रखिए, सफलता का पैमाना यह नहीं होता कि आपने हासिल क्या किया है? बल्कि सफलता इस बात से मापी जा सकती है कि आपने उसे प्राप्त करने में संघर्ष कितना किया है।

निर्णय लेने की क्षमता विकसित कीजिए

बहुत से लोग निर्णय नहीं ले पाते कि उन्हें क्या करना है? ऐसे लोगों में आत्मविश्वास का अभाव होता है। वे किसी भी लक्ष्य के बारे में विचार करते हैं और स्वयं ही सोच लेते हैं कि ऐसा कार्य उनसे नहीं हो सकता। यह आत्मविश्वास की कमी का परिचायक है। स्वामी विवेकानंद ने कहा है कि जो अपने आप में विश्वास नहीं करता, वह नास्तिक है। प्राचीन धर्मों ने कहा है कि नास्तिक वह है, जो ईश्वर में विश्वास नहीं करता। नया धर्म कहता है कि नास्तिक वह है, जो स्वयं में विश्वास नहीं करता। भले ही तुम पुराणों के तैंतीस करोड़ देवताओं में विश्वास करते रहो, पर यदि तुम स्वयं में विश्वास नहीं करते, तो तुम्हारी मुक्ति संभव नहीं। अपने आप में विश्वास करो एवं उस पर स्थिर रहो और शक्तिशाली बनो।

यदि आप स्वयं में विश्वास करते हैं, तो स्वय को कभी भी निर्णय-अनिर्णय की स्थिति में नहीं पाएंगे। आप अपनी निर्णय लेने की क्षमता का विकास कीजिए, जो आत्मविश्वास से संभव है। कामयाबी पाने का यही उत्कृष्ट माध्यम है। कोई भी महत्वपूर्ण निर्णय जल्दबाजी में नहीं लिया जाता। आत्मविश्वास के साथ उस

पर धैर्यपूर्वक विचार कीजिए और यदि आपको महसूस होता है कि यह सही है, तो पूरी तैयारी एवं एक निश्चित योजना के साथ कदम बढ़ा दीजिए।

एक बार मैं उत्तर प्रदेश के केंद्रीय राज्य मंत्री से उनके निवास पर मिलने गया हुआ था। मैं उनके ऑफिस में एक अधिकारी से बातें कर रहा था, तभी उनके पास एक व्यक्ति आया, जिसका कहना था कि उसका कोई कार्य है, जो नियम एवं कानून के अनुसार बिल्कुल सही है, लेकिन संबंधित अधिकारी सहयोग नहीं कर रहे हैं। उसने गुप्ता जी (अधिकारी) से मदद करने की प्रार्थना की।

गुप्ता जी ने उससे उस कार्य के बारे में संपूर्ण जानकारी चाही, तो वह उपलब्ध न करा सका। तब गुप्ता जी ने उससे कहा, "मैं आपकी मदद करने को तैयार हूं, लेकिन इसका परिणाम क्या होगा? मैं नहीं कह सकता।" मेरी बचपन से ही एक आदत है, मैं कोई भी कार्य बिना पूरी जानकारी और तैयारी के नहीं करता। आप मुझे कार्य के बारे में संपूर्ण जानकारी दीजिए, यदि आपका कार्य कानूनी रूप से सही है, तो मुझे यह निर्णय लेते देर नहीं लगेगी कि मुझे आपकी मदद के लिए क्या करना है?"

अब आप बताइए मैं अभी आपके लिए कुछ करने का प्रयास करूं या पहले मुझे संपूर्ण स्थिति से अवगत कराएंगे।

यह सुनकर वह व्यक्ति चौंका और पूरी जानकारी के साथ आने की बात कहकर वहां से चला गया।

मैं यह देखकर हैरान था कि गुप्ता जी ने कितनी शीघ्रता से स्थिति का विश्लेषण किया था। वजह स्पष्ट थी, उनके अंदर आत्मविश्वास था, तुरंत निर्णय लेने की क्षमता थी कि उन्हें क्या करना है, क्या नहीं। तो आप अपने आत्मविश्वास का सहारा लीजिए एवं अपनी निर्णय लेने की क्षमता का विकास कीजिए, क्योंकि असमंजस की स्थिति में भटकने से तो आप अपना समय ही बर्बाद करेंगे और याद रखिए कि जीवन का एक भी पल कितनी भी कीमत देकर नहीं खरीदा जा सकता।

मृत्यु का भय सफलता की राह में बाधक है

जीवन क्या है संघर्ष का एक रूप है और मृत्यु इस जीवन संघर्ष का अंत है। व्यक्ति किसी-न-किसी सफलता को पाने के लिए संघर्ष करता है। कहीं सफलता पाने से पहले ही संघर्ष का अंत न हो जाए, यही भय संघर्ष के लिए तीव्र प्रेरणा देता है। यदि व्यक्ति को यह विश्वास हो जाए कि उसकी मृत्यु नहीं होनी है, तो फिर संघर्ष और सफलता के लिए जल्दबाजी की क्या आवश्यकता रह जाएगी। सब कुछ तो यहीं रहना है। फिर कैसी प्रतिद्वंद्विता?

> **जिसने जन्म लिया है, उसको मृत्यु भी आवश्यक है एवं इसके बाद पुनर्जन्म निश्चित है। इसे रोकना असंभव है। तुम्हें असंभव एवं दुखद घटनाओं पर दुःख नहीं करना चाहिए।**
>
> —*भगवतगीता*

भारतीय दर्शन परिवर्तन को सृष्टि का नियम मानते हैं। बचपन, जवानी, वृद्धावस्था, जीवन-मृत्यु, दिन-रात सभी इस परिवर्तन की देन हैं। ठीक इसी प्रकार हम मृत्यु को भी एक स्थायी और आवश्यक परिवर्तन मानते हैं।

जिस प्रकार मानव एवं सभी दूसरे जीव-जंतु कार्य करने के पश्चात् थक जाते हैं, इसके बाद आराम चाहते हैं। यही तो जीवन और मरण का संबंध है। हिंदी साहित्य के सुविख्यात कवि श्री रामनरेश त्रिपाठी ने लिखा है :

मृत्यु एक सरिता है जिसमें, श्रम से कातर जीव नहाकर।
फिर नूतन धारण करता है, काया रूपी वस्त्र बहाकर।।

आत्मा तो अजर है, अमर है, वह कभी नहीं मरती। उसे कोई जला नहीं सकता, कोई भिगो नहीं सकता, कोई काट नहीं सकता। भगवान श्रीकृष्ण ने अर्जुन से यही तो कहा था।

भारतीय दर्शन मृत्यु को जीवन का अंत नहीं, नए जीवन के आरंभ के रूप

में देखता है। यदि मृत्यु नहीं, तो जीवन कैसे? जब किसी को मरना ही नहीं है, तो नए लोगों का आगमन क्यों और कैसे? क्यों बचपन? क्यों जवानी? क्यों वृद्धावस्था? एक ही अवस्था क्यों नहीं?

इसलिए मृत्यु आवश्यक है। विभिन्न धर्मों के अनुसार उनके आराध्य जो पृथ्वी पर इनसान के रूप में अवतरित हुए, ईश्वर के अवतार थे, पर वे भी यह प्रक्रिया न बदल सके। जब जन्म लिया है, तो मरना तो पड़ेगा ही। मृत्यु एक सच है। सच अकसर कठोर होता है, इसलिए मृत्यु भी मानव के लिए कठोर सच है।

जीवन एवं मृत्यु एक ही सिक्के के दो पहलू हैं। जीवन है तो मृत्यु भी है। एक इनसान जन्म लेता है। छोटे से बच्चे से बड़ा होकर वयस्क बनता है। इसके बाद वृद्धावस्था आती है। वह थक जाता है, उसके शरीर के अंग कमजोर पड़ते जाते हैं। उसे विश्राम की आवश्यकता होती है। अंततः वह मृत्यु को प्राप्त होता है। फिर जन्म लेता है, फिर सफर करता है, फिर थकता है। उसे पुनः विश्राम देने को मृत्यु आती है।

> **मृत्यु की मोहर जीवनरूपी मुद्रा का मूल्य निर्धारित करती है।**
> ***–रवींद्रनाथ टैगोर***

आत्मा परम तत्व है। वह अथक गतिशील है। उसे ऐसा शरीर चाहिए, जिसमें रहकर उसे संतुष्टि प्राप्त हो सके, इसलिए वह सदैव सर्वश्रेष्ठ शरीर की तलाश में रहती है। यदि आत्मा न हो, तो जीव का कोई अस्तित्व नहीं। आप पृथ्वी पर जीवित हैं, तो आत्मा के कारण और यदि आपकी मृत्यु होती है, तो वह भी इसलिए कि अब शरीर में आत्मा नहीं है।

बस, यही मृत्यु है। यह सिलसिला सदैव से चलता रहा है, चलता रहेगा। जब भी कहीं जीवन होगा, तो मृत्यु भी अवश्य होगी। क्योंकि जीवन का अस्तित्व क्या है, कुछ भी नही। आत्मा ही, तो है जो जीवन को अस्तित्व में लाती है और जब यही आत्मा उसे छोड़ देती है, तो वहीं पर जीव की मृत्यु हो जाती है। क्योंकि अब वो सर्वशक्तिमान आत्मा किसी नए वस्त्र की तलाश में है।

परिवर्तन आवश्यक है

परिवर्तन प्रकृति का नियम है। ऋतुएं बदलती हैं, रात-दिन आते-जाते हैं। सुबह होती है, दोपहर होती है, शाम होती है, अंततः रात्रि एवं फिर एक नया दिन निकलता है। सभी कुछ परिवर्तनशील है। आप बचपन से लेकर वृद्धावस्था तक की अवस्थाओं पर गौर कीजिए। यह भी तो परिवर्तन का ही एक रूप है। आप

स्वयं भी तो परिवर्तन चाहते हैं। आज आपके पास एक वस्तु है, आप विचार करते हैं कि कल आपके पास दूसरी एवं इससे भी अच्छी वस्तु हो।

यदि परिवर्तन न हो, तो जीवन कितना नीरस हो जाएगा। जीवन के बाद मृत्यु भी तो परिवर्तन का ही एक रूप है। जब आप दूसरे सभी परिवर्तनों का स्वागत करते हैं, तो आपको मृत्यु का भी हंसकर स्वागत करना चाहिए। कवि रामनरेश त्रिपाठी की सुंदर पंक्तियां हैं :

निर्भय स्वागत करो मृत्यु का, मृत्यु एक है विश्राम स्थल।
जीव जहां से फिर चलता है, धारण कर नव जीवन संबल।।

अर्थात् मृत्यु का सामना जीव को निर्भय होकर करना चाहिए, क्योंकि मृत्यु उसके लिए एक विश्राम स्थल के तुल्य है, जहां से वह एक नए सफर की शुरुआत नई ऊर्जा, अपना नाम, पहचान एवं परिस्थितियां बदलकर करता है।

आप विचार कीजिए, यदि मानव की अवस्थाओं में ही कोई परिवर्तन न होता, तो इस संसार का निर्माण कैसे होता? क्या सारे बच्चे ही होते या नवयुवक या वृद्ध। विचार तो सर्वप्रथन इस बात का करना है कि आपका जन्म ही कैसे होता? कौन आपकी मां होती? कौन आपका पिता? इसलिए संसार के चलने के लिए, गतिमान रहने के लिए परिवर्तन आवश्यक है। जीवन के साथ मृत्यु का होना आवश्यक है। यदि ऐसा न हो, तो यह संसार ठहर जाएगा, बल्कि सर्वप्रथम तो संसार के अस्तित्व पर हो प्रश्नचिह्न लग जाएगा।

महाभारत के युद्ध के समय भगवान श्रीकृष्ण ने अर्जुन से कहा था, आत्मा अजर है, अमर है। उसे न कोई मार सकता है, न जला सकता है, न भिगो सकता है। मरता तो सिर्फ शरीर है, क्योंकि शरीर नश्वर है। तुम क्या लेकर आए थे, जो तुमने खो दिया। तुम क्या लेकर जाओगे, जिसकी चिंता में तुम लगे हुए हो। तुम यही सोचकर मग्न हो कि यह सब तुम्हारा है। पर जो आज तुम्हारा है, कल किसी और का होगा और परसों किसी और का। तुम अपने-पराए का भेद मन से निकाल दो, फिर सब तुम्हारा है, तुम सबके हो। हे अर्जुन! जीवन एवं मृत्यु कुछ भी नहीं है, आत्मा का किसी शरीर में आना ही जीवन है एवं आत्मा का दूसरे शरीर में स्थानांतरण ही पहले शरीर की मृत्यु है। तुम क्यों अपने-पराए के मोहजाल में फंसे हो? मोह को भंग करो एवं अपना कर्तव्य निभाओ। तुम क्षत्रिय हो, तुम्हारा कर्तव्य युद्ध करना है, उससे विमुख होना नहीं। तुम युद्ध करो।

आज भी प्रकृति में ऐसे-ऐसे रहस्य पड़े हुए हैं, जो हमारे विज्ञान के सम्मुख चुनौती बने हुए हैं। एक महान पुरुष ने कहा था कि जहां पर विज्ञान का अंत

होता है, वहीं पर अध्यात्म का जन्म होता है।

इसलिए आप यह विचार कर कि परिवर्तन तो संसार का नियम है, अपनी सफलता की ओर बढ़ जाइए। मृत्यु को लेकर व्यावहारिक बन जाइए, इससे आपके आत्मबल में वृद्धि होगी, आप आत्मविश्वास एवं ऊर्जा से भरे रहेंगे। याद रखिए, सभी कुछ नश्वर है। आज यदि कोई ऊपर है, तो कल उसे नीचे तो आना ही है। यही तो प्रकृति का नियम है। इससे क्या कोई बच सका है? एक कवि के विचार देखिए :

ईश्वर जो भी करता है, अच्छा ही करता है।
ए मानव तू परिवर्तन से काहे डरता है।।

मानव मृत्यु से क्यों डरता है?

मानव एक भावनात्मक प्राणी है। वह जन्म के साथ ही सीखने की प्रक्रिया को आत्मसात् करता है। वह ज्यों-ज्यों बड़ा होता जाता है, अपने आस-पास के वातावरण, अपने माता-पिता, भाई-बहन एवं सभी रिश्तों के प्रति मोहग्रस्त होता जाता है। वह इन सभी से भावनात्मक रूप से जुड़ता जाता है। इनसे प्रेम करने लगता है। बचपन से जवानी, जवानी से वृद्धावस्था तक वह नए-नए लोगों से मिलता है, जिनके साथ की खट्टी-मीठी यादें उसे गुदगुदाती रहती हैं। एक पंक्ति में यदि कहा जाए, तो वह मोहग्रस्त हो जाता है। इनसान के प्रति मोह की बात तो छोड़ दी जाए, उसे तो उस स्थान तक के आकर्षण का अनुभव होता है, जहां वह अपने जीवन का यादगार, अविस्मरणीय समय व्यतीत करता है।

पर ध्यान दीजिए, इनमें से ऐसा कौन-सा रिश्ता है, जो वह अपने साथ लेकर चला था?

इनमें से ऐसा कौन-सा रिश्ता या वस्तु है, जो वह अपने साथ लेकर जाएगा।

सिकंदर जैसे महान पराक्रमी व्यक्ति ने विश्व विजयी होने का स्वप्न देखा था एवं वह इसमें पर्याप्त सीमा तक सफल भी हुआ था। अंततः जब उसकी मृत्यु का समय नजदीक आया, तो उसने अपने सिपहसालारों से कहा कि जब उसकी अर्थी ले जाई जाए, तो उसके दोनों खाली हाथों को अर्थी से बाहर ही रखा जाए, जिससे कि दुनिया वाले देख सकें कि वह सिकंदर जिसने विश्व विजय करने का स्वप्न देखा था, दुनिया से वह भी खाली हाथ ही गया।

सत्य यही है। आप सभी जानते हैं, पर इसे स्वीकार करने में झिझक करते हैं।

इसका अर्थ यह नहीं है कि जब आपको अपने साथ कुछ ले नहीं जाना है, तो आप कामयाबी की इच्छा ही क्यों करें? जीवन रूपी मोती जो आप साथ लेकर आए हैं, उसका तो आपको सदुपयोग करना ही है। जब जीवन जीना ही है, तो क्यों न शान से, सफल एवं कामयाब बनकर जिया जाए? पर ध्यान रहे कि अंत समय में आपको कुछ भी नहीं ले जाना है, कोई वस्तु, कोई धन, कोई रिश्ता आपके साथ नहीं जाएगा। आप अकेले ही आए थे, आपको अकेले ही जाना है। जिन वस्तुओं या व्यक्तियों के प्रति आप आकर्षण अनुभव करते हैं, मोहग्रस्त हैं, वे सभी तो नश्वर हैं, तो इतने मोह का क्या औचित्य है? अतः मोह और अहंकार, छल और प्रपंच के साथ न जिएं। सम्मान के साथ सफल हों। इसके लिए बेहतर हो यदि आप इस सच्चाई को स्वीकार कर लें कि संसार में सिर्फ एक रिश्ता है, वह है कर्तव्य का रिश्ता।

आपका मां-बाप के प्रति कर्तव्य है कि उनकी सेवा करें, उन्हें उचित सम्मान दें। भाई-बहनों के प्रति आपका कर्तव्य है कि आप उन्हें प्रेम एवं सहयोग दें। मित्रों का आप पर हक है कि आप उन्हें सहयोग दें, अच्छे एवं बुरे समय में भी उनका साथ न छोड़ें। देश के प्रति आपका कर्तव्य है कि आप अपने कार्य उसकी प्रगति के लिए करें, आवश्यकता पड़ने पर अपना जीवन भी मातृभूमि पर समर्पित करने को तैयार रहें, लेकिन किसी रिश्ते को स्वयं पर हावी न होने दें। आपका जुड़ाव भावनात्मक नहीं होना चाहिए, बल्कि आपको अपने कर्तव्य का ज्ञान होना चाहिए। यदि आपने जीवन में किसी बड़े एवं महान लक्ष्य के बारे में सोच रखा है, तो भावनाओं का कोई स्थान नहीं। व्यावहारिक बनिए, इससे आपकी सफलता का मार्ग प्रशस्त होगा। मृत्यु का भय कभी आपको नहीं सताएगा। आप इतने अधिक साहसी एवं आत्मविश्वास से ओतप्रोत होंगे कि संसार का कठिन-से-कठिन लक्ष्य आपके कदमों में होगा। मगर यह सब कहना जितना सरल है, व्यवहार में लाना उतना ही कठिन। क्योंकि ये सच है कि भावनाएं व्यक्ति को कमजोर बनाती हैं, तो ये भी सच है कि मनुष्य एक भावनात्मक प्राणी ही है। किसी भी व्यक्ति या वस्तु के प्रति उसका आकर्षण प्राकृतिक है। भावनाओं से मुक्त होना सहज नहीं, फिर जिस प्रेम को हम ईश्वर मानते हैं वह भी तो भावनाओं की देन है। अतः भावनाओं को सच्चे प्रेम में बदलें।

यदि आप अब मृत्यु के प्रति व्यावहारिक दृष्टिकोण अपनाने को तैयार हैं। यदि आप विश्वास पूर्वक कह सकते हैं कि मृत्यु को लेकर भयभीत नहीं हैं, तो बढ़ते जाइए प्रगति के पथ पर। क्योंकि आप जानते हैं कि जीवन-मृत्यु कुछ नहीं।

संसार में आप जिस सीमित समय के लिए भेजे गए हैं, उसका सदुपयोग करना है। आप जानते हैं कि अपने वर्तमान को संभालकर अपने भविष्य का निर्माण करना ही जीवन है। मृत्यु का जब समय आएगा, तब देखा जाएगा। फिलहाल तो आपको कामयाबी चाहिए, जिससे आप इस संसार में नाम रोशन कर सकें। इसके साथ ही अपने पृथ्वी पर आने की उद्देश्य की पूर्ति कर सकें। आप ईश्वर में विश्वास कीजिए, वो आपको मृत्यु के भय से दूर ले जाएगा। आप जीवन में पवित्र विचारों को स्थान दीजिए, आपको कोई भी, किसी भी प्रकार का भय नहीं सताएगा। बस, चलते जाइए। आपको सीमित समय में ही इतनी ऊंचाइयों पर जाना है कि आने वाले वंशज आपकी जीवन शैली से, कामयाबी से, चरित्र से शिक्षा ग्रहण कर सकें।

कुसंगति का प्रभाव

कुसंगति का प्रभाव मानव के प्रगति रूपी वृक्ष पर लिपटे हुए उस अमरबेल के समान है, जो वृक्ष का रस चूसकर उसकी प्रगति को रोक देता है। कुसंगति का ज्वर संसार के सबसे खतरनाक ज्वरों में से एक है। एक बार जब इनसान को बुरे लोगों के साथ रहने की आदत पड़ जाती है, तो मन बार-बार उन्हीं की तरफ भागता है। मानव स्वभाव भी यही है कि वह बुरी वस्तुओं एवं बुरे कार्यों की तरफ शीघ्रता से उन्मुख होता है।

महाभारत के युद्ध के बारे में कौन नहीं जानता? कौरवों में धृतराष्ट्र का सबसे बड़ा पुत्र दुर्योधन इतना बुरा इनसान नहीं था, जितना कि वह बाद में बन गया। दरअसल उसे कुसंग के भयानक ज्वर ने पकड़ लिया था। उसके मामा शकुनि ने ही उसे इतना बुरा इनसान बना दिया कि दुर्योधन के स्वभाव के और उसकी कुनीतियों के चलते महाभारत जैसे भयानक युद्ध की नींव पड़ी।

जो व्यक्ति कुसंगति का शिकार है, उससे अधिक दुर्भाग्यशाली तो कोई भी न होगा, क्योंकि ऐसा व्यक्ति स्वयं ही जान-बूझकर अपनी सफलता का मार्ग कठिन बनाता जाता है। बुरे लोगों के साथ रहकर वह बुरी बातें ही सीखता है। बुरी बातें, बुरे कार्य इनसान को कभी उबरने नहीं देते। ऐसा व्यक्ति कामयाबी की ओर बढ़ने का प्रयास तो करता है, लेकिन सफलता हासिल नहीं कर पाता। आप ऐसे लोगों की संगति बिल्कुल न कीजिए, जो निराशाजनक एवं नकारात्मक दृष्टिकोण की बातें कहते रहते हों। ऐसे लोग आपके दृष्टिकोण को भी नकारात्मक बना सकते हैं। आप ऐसे लोगों का साथ कीजिए, जो सदैव उत्साहजनक बातें करते हों। इससे आपका उत्साह

> **अगर आदमी सम्मान चाहे, तो सम्माननीय लोगों का संग करे।**
> *—ला ब्रूयर*

जगेगा। आप कुछ उपलब्धि अर्जित कर सकेंगे। रहीम ने इस दोहे में यही भावना व्यक्त की है :

जो रहीम उत्तम प्रकृति, का करि सकत कुसंग।
चंदन विष व्यापत नहीं, लिपटे रहत भुजंग।।

अर्थात् जो व्यक्ति उत्तम प्रकृति का है। कुसंगति का प्रभाव उस पर नहीं पड़ता। जिस प्रकार चंदन पर विषधर सर्पों के चिपके रहने से भी उसमें विष व्याप्त नहीं होता। ध्यान रखें अच्छी आदतें आपको कामयाब होने में मदद तो करती ही हैं। अच्छे आचरण से आप लोगों का हृदय भी जीत सकते हैं।

मोहम्मद साहब को इस्लाम धर्म का पैगंबर कहा जाता है। वे बेहद सज्जन व्यक्ति थे। जब वह एक गली से निकलते थे, तो एक महिला प्रतिदिन उन पर कूड़ा फेंक देती थी, लेकिन मोहम्मद साहब उसकी इस हरकत का विरोध कभी न करते और चुपचाप मार्ग पर आगे बढ़ते जाते। एक दिन जब मोहम्मद साहब उसी गली से गुजर रहे थे, तो उस दिन उन पर कोई कूड़ा न फेंका गया। मोहम्मद साहब अचरज में पड़ गए। उन्होंने पड़ोसियों से उस महिला के बारे में पूछा। जब उन्हें यह पता लगा कि वह महिला आज बीमार है, तो उन्हें बेहद दुख हुआ, वे उसे देखने गए।

मोहम्मद साहब का अपने प्रति अगाध प्रेम देखकर महिला शर्मिंदा हो उठी। उसकी आंखों में आंसू भर आए एवं उसने मोहम्मद साहब से क्षमा याचना की।

आपका उत्तम आचरण आपको कुसंगति के भयानक ज्वर से बचाने में सहायक है। आप इसका पोषण कीजिए। आप जितने अधिक बुरे लोगों का साथ करेंगे, तो स्वयं को उतने ही अधिक घने अंधेरों से घिरा पाएंगे। आपको असफलता के मार्ग पर चलना ही पड़ेगा। वहीं दूसरी तरफ अच्छे लोगों की संगति करने से आप ज्ञान के प्रकाश की ओर बढ़ेंगे। आपका मनोबल, आत्मविश्वास सदैव ऊंचा रहेगा और सफलता का द्वार बेहद सरलता से दृष्टिगोचर होगा। पर उसकी तरफ बढ़कर उसे पार करने का साहस भी आपको ही करना है।

> **कुसंगति करने से न केवल आपके गुणों का हास होता है, बल्कि आपकी कामयाबी की राह में भी व्यवधान उत्पन्न होता है।**
>
> **–*आचार्य रामचंद्र शुक्ल***

अपनी कमजोरियों को ऐसे दूर करें

यदि आप किसी भी तरह की बुरी आदतों में स्वयं को जकड़ चुके हैं एवं उनसे छुटकारा पाना चाहते हैं, पर सफल नहीं हो पा रहे हैं, तो चिंता वाली कोई बात नहीं है। आप अपने प्रयासों से ऐसा कर सकते हैं। यह बेहद आसान है। आपके अंदर जो कमजोरियां हों, पहले तो उन्हें स्वीकार कीजिए। इसके बाद उन्हें लिखकर पढ़िए। ध्यान रहे कि आप में अपनी कमजोरी से छुटकारा पाने की तीव्र इच्छा होनी चाहिए, अन्यथा इस आसान प्रक्रिया का कोई अर्थ नहीं। आप इसका उपयोग अपनी प्रगति के लिए भी कर सकते हैं। जिस तरह आप अपनी बुराइयों के लिए लिखेंगे कि अब आपको ऐसा कार्य नहीं करना है, उसी प्रकार यह भी लिख सकते हैं कि आपको भविष्य में क्या करना है, क्या बनना है? इसके कई लाभ हैं :

1. आप स्वयं को दिए हुए वचन बार-बार पढ़ने से उन्हें भुला नहीं पाते।
2. आप उन्हें बार-बार पढ़ने से दृढ़ प्रतिज्ञ होते जाते हैं।

पर प्रश्न वही है, तीव्र इच्छा।

मेरा एक मित्र है विकास त्यागी। एक बार मैं उसके घर पर बैठा हुआ बातें कर रहा था। अनजाने में उसकी डायरी मेरे हाथों में आ गई। मैंने उसकी डायरी को खोलने पर जो पढ़ा, वह इस प्रकार था :

मुझे इस वर्ष 18 किताबें पढ़नी हैं, समय मेरे पास केवल आठ माह है, पता नहीं किस तरह मैं यह कर पाऊंगा। जबकि प्रत्येक को कम-से-कम दो बार तो पढ़ना ही पड़ेगा। इसके लिए मुझे चार महीनों में ही सारी किताबें पढ़नी पड़ेंगी, जिसके लिए प्रत्येक माह में चार किताबें किसी भी हालत में खत्म होनी ही चाहिए।

विकास मुरादाबाद से दिल्ली विश्वविद्यालय में हाई स्कूल एवं इंटरमीडिएट में प्रभावी रिकॉर्ड लेकर बी.एस.सी. आनर्स (भौतिक विज्ञान) के लिए आया था, लेकिन यहां की पढ़ाई के स्तर के बारे में सभी जानते हैं। प्रथम वर्ष वह सिर्फ 45% अंक ही पा सका। पर अंततः अपनी आदत, परिश्रम एवं लगन के सहारे उसने 68% अंकों से अपना कोर्स पूर्ण किया और फिर दिल्ली विश्वविद्यालय से भौतिक विज्ञान में स्नातकोत्तर कोर्स भी।

आप भी इन प्रभावी, सरल एवं सीधे रास्ते का उपयोग कर सकते हैं।

विवेकहीन प्रयास, असफलता के साथ दुःख भी देते हैं

आप अपने निर्णय भली भांति विचार करने के बाद ही लीजिए। इससे आपके सफल होने के अवसर बढ़ जाते हैं। क्षमताएं आपके पास हैं, आप सभी कार्य

कर सकते हैं, लेकिन इसके लिए आपको अपने विवेक का सहारा भी लेना पड़ेगा। क्योंकि आप अच्छी तरह जानते हैं कि बिना कप्तान वाला जहाज अपनी मंजिल तक नहीं पहुंच सकता। विवेकहीनता का परिणाम सदैव दुखद होता है।

मुगल शासक मोहम्मद तुगलक ने अपने कई निर्णयों से विवेकहीनता का परिचय दिया था। एक बार उसने अपनी राजधानी दिल्ली से दौलताबाद कर दी लेकिन जल्दी ही उसे अपना अविवेक भरा फैसला वापस लेना पड़ा। उसने एक बार तांबे के सिक्कों का चलन भी कराया। जनता ने तांबे के सिक्कों के बदले चांदी एवं सोना एकत्रित करना प्रारंभ कर दिया। देखते-ही-देखते तुगलक का राजकोष खाली होने लगा। अंततः तुगलक को अपना निर्णय बदलना पड़ा। दोनों ही बार मोहम्मद तुगलक को काफी नुकसान उठाना पड़ा।

कभी-कभी आपके सामने कुछ ऐसी घटनाएं घटित हो जाती हैं, जिससे आप अत्यधिक क्रोधित हो जाते हैं एवं पलों में ही ऐसे निर्णय ले लेते हैं, जिन पर कालांतर में पछताना पड़ता है। ऐसे क्षणों में आपको स्वयं पर नियंत्रण रखते हुए विवेक से काम लेना चाहिए। क्रोध में व्यक्ति विचार करने की क्षमताएं खो देता है। वह शीघ्रता से अपने क्रोध के कारण को सुलझाना चाहता है, पर जल्दबाजी में गलत निर्णय ले लेता है और अंततः पछताता है।

एक ब्राह्मण ने नेवले का एक बच्चा पाल लिया। पत्नी को यह अच्छा नहीं लगा। कुछ दिनों बाद ब्राह्मणी ने एक पुत्र को जन्म दिया। अब तो वह नेवले से और भी भयभीत रहने लगी। एक दिन ब्राह्मण घर से बाहर था एवं ब्राह्मणी घर से बाहर घड़ा लेकर जल लेने गई। घर पर केवल उसका पुत्र एवं नेवला था। अचानक घर पर एक सर्प निकला एवं बच्चे की तरफ बढ़ने लगा। नेवले ने सर्प को देख लिया था। नेवले ने अपनी जान पर खेलकर उसे मार दिया। सर्प को मारने के बाद नेवला प्रसन्न होकर अपनी मालकिन की तरफ दौड़ा। ब्राह्मणी उसे घर के दरवाजे पर ही मिल गई। उसने नेवले के मुख में खून लगा देखकर विचार किया कि इसने मेरे बेटे को मार दिया है। इसलिए उसने जल से भरा घड़ा नेवले के सिर पर दे मारा। जब अंदर जाकर उसने सर्प को मरा देखा और सारी स्थिति समझ में आई, तो वह पश्चाताप की वजह से रोने लगी।

ध्यान रखिए मित्रो! क्रोध एवं जल्दबाजी में लिए हुए निर्णय विवेकहीन होते

हैं और आपको नुकसान पहुंचाते हैं। इसलिए सदैव आप सोच-विचार कर, विवेक का इस्तेमाल कर ही निर्णय करें।

अवसर पहचानें

कहा जाता है कि प्रत्येक इनसान के जीवन में एक समय ऐसा अवश्य आता है, जबकि अवसर स्वयं उसका दरवाजा खटखटाता है। यदि व्यक्ति उस अवसर का लाभ उठा पाए, तो उसकी प्रगति निश्चित है। इसके लिए आपको अवसर पहचानने की कला आनी चाहिए। यह बहुत आसान है। आपको सिर्फ इतना करना है कि कठिन-से-कठिन परिस्थितियों में स्वयं पर नियंत्रण रखते हुए सदैव सकारात्मक विचार करना है। आपने देखा होगा कि कुछ व्यक्ति तो एक के बाद एक असफलता के बावजूद सफलता की सीढ़ियां तलाश कर लेते हैं, जबकि कुछ लोग ऐसा नहीं कर पाते। निराशा की स्थिति में आप सामने आए अवसरों को भी पहचानने में भूल कर जाते हैं। सभी व्यक्तियों के साथ कठोर समय में लगभग एक सी ही घटनाएं घटित होती हैं, लेकिन जो लोग इन घटनाओं में से अपने लिए कुछ रचनात्मक तलाश कर लेते हैं, वे तो सफल हो जाते हैं। जबकि जो लोग निराश हो जाते हैं, उनके लिए कामयाबी का मार्ग कठिन हो जाता है। अतः यह अत्यंत आवश्यक हो जाता है कि आप अपने सामने आए अवसरों की पहचान कर सकें।

दो व्यापारियों ने एक साथ व्यापार प्रारंभ किया। दोनों व्यापार में सफल हो गए थे। अचानक कुछ समय पश्चात् उन्हें व्यापार में हानि का सामना करना पड़ा। उनमें से एक तो निराश होकर अपनी किस्मत को कोसने लगा और उसने कार्य करना भी बंद कर दिया। कालांतर में उसकी दुकान में ताले पड़ गए। वहीं दूसरे व्यापारी ने प्रतिकूल समय में भी हर पल विचार किया कि इस हानि को दूर करने का क्या उपाय हो सकता है? उसने अपनी दुकान में पूर्व की तरह परिश्रम करना जारी रखा। उसके सामने कोई भी ऐसी घटना या वस्तु आती, जो उसे लाभ दिलाने में सक्षम होती, तो वह उसे स्वीकार करता। इस प्रकार छोटे-छोटे अवसरों का लाभ उठाते हुए शीघ्र ही वह दिन भी आ गया, जब वह एक बार फिर पूर्व की तरह प्रगति के पथ पर अग्रसर हुआ।

आपकी प्रगति के लिए आवश्यक हो जाता है कि आप छोटे-छोटे अवसरों

का भी लाभ उठाते चलें। ऐसा करने के लिए आप में दृढ़ मनोदशा का होना बहुत जरूरी है, क्योंकि तभी आप हर प्रकार की परिस्थितियों में स्वयं पर नियंत्रण रख पाएंगे।

कार्य के प्रति लगन एवं धैर्य

कामयाबी पाने के सभी सिद्धांतों में से एक सिद्धांत है—कार्य के प्रति पूर्ण निष्ठा एवं समर्पण। यद्यपि व्यक्ति के इस दृष्टिकोण की चर्चा हम पहले भी कर चुके हैं, किंतु यहां पर आपको इस महान सिद्धांत के महत्त्व का पूर्णतया ज्ञान होगा। संसार में जितने भी महान कार्य किए गए हैं एवं जिन महान कार्यों ने उनके करने वालों को महान बनाया है, वे सभी अपने कार्यों को तभी कर पाए, जब उन्होंने पूरी निष्ठा से परिश्रम करना जारी रखा। याद रखिए, कोई भी बड़ा कार्य सरलता से कभी पूर्ण नहीं होता, उसे करने के लिए आपको उसमें डूबना पड़ता है, सब कुछ भूल जाना पड़ता है, तभी ऐसा संभव है।

भौतिक विज्ञान के क्षेत्र में एक किंवदंती बन चुके महान वैज्ञानिक न्यूटन को कौन नहीं जानता? एक बार उनसे कोई प्रसिद्ध व्यक्ति मिलने आया। उस समय वे अपनी प्रयोगशाला में प्रयोग कर रहे थे। एक व्यक्ति ने जाकर न्यूटन को उस व्यक्ति के आगमन के संदर्भ में सूचना दी। न्यूटन ने कहा कि पांच मिनट इंतजार करो, मैं अभी आता हूं।

समय बीतता गया पर न्यूटन प्रयोगशाला में इतने खोए हुए थे कि उन्हें इस बात का ध्यान ही न रहा। यहां तक कि उनके खाने का समय हो चला। रसोइये ने उनका भोजन भी लगा दिया, पर न्यूटन तब भी प्रयोगशाला से नहीं निकले। कुछ समय पश्चात् उनके मेहमान को भूख का एहसास हुआ। उन्होंने न्यूटन का खाना ही खा लिया एवं टिफिन उसी तरह बंद कर दिया। अंततः जब न्यूटन बाहर आए, तब मेहमान को देखकर सर्वप्रथम उन्होंने क्षमा मांगी एवं कहा, "आप पांच मिनट इंतजार और कर लीजिए, मैं भोजन कर लेता हूं।

टिफिन खोलने पर जब उन्होंने देखा कि टिफिन खाली है, तब वह बोले, "अरे मैं भी कितना भुलक्कड़ हूं, भोजन मैं कर चुका हूं।"

देखा आपने! कोई भी व्यक्ति महान ऐसे ही नहीं बनता, कोई बड़ा कार्य ऐसे ही नहीं करता, सफलता के उच्चतम शिखर की प्राप्ति ऐसे ही नहीं करता। इसके लिए उसे कार्य के प्रति पूर्णतया ईमानदार होना पड़ता है। यह भी आवश्यक नहीं होता कि उसे शीघ्र ही कामयाबी मिल जाएगी। वह कई बार असफल भी हो जाता है, तब भी वह अपना धैर्य नहीं खोता एवं निरंतर प्रयास करना जारी रखता है। अंततः उसे एक दिन सफलता मिल ही जाती है। इसलिए आप में धैर्य का होना आवश्यक है।

फैराडे एक महान वैज्ञानिक थे। उन्होंने इस बात का पता लगाया कि किसी मैग्नेट से भी विद्युत धारा को उत्पन्न किया जा सकता है। इस सिद्धांत की खोज करने में उन्हें वर्षों लग गए थे। उनके प्रयोग कई बार असफल हुए, लेकिन उन्होंने धैर्य का दामन न छोड़ा। अंततः उन्हें कामयाबी मिली।

मित्रो! यही छोटी-छोटी बातें इनसान को सफलता के शिखर तक पहुंचाने में सहायक होती हैं। आप अपने कार्य के प्रति पूर्ण निष्ठा रखिए। एक-दो बार या बार-बार असफलता भी मिले, तब भी विश्वास रखिए कि आप ऐसा करने में सक्षम हैं, इससे आप में धैर्य के गुण का स्वतः ही विकास हो जाएगा और आप देखेंगे कि एक दिन सफलता कदमों में आ चुकी है।

राष्ट्र प्रेम एवं समाज

एक बार एक ऑफिस में एक व्यक्ति जाता है एवं वहां कार्यरत एक क्लर्क से पूछता है, "आप यह नौकरी क्यों कर रहे हैं?"

"अपना एवं अपने बीबी-बच्चों का पेट पालने के लिए।"

वही व्यक्ति एक दूसरे ऑफिसर के पास जाता है एवं पूछता है, "आप यह नौकरी क्यों कर रहे हैं?"

उसका भी वही जवाब होता है।

इसी प्रकार वह कई लोगों के पास जाता है, सभी से वही प्रश्न करता है एवं उसे वही जवाब मिलता है। एक दूसरा व्यक्ति उस प्रश्नकर्ता व्यक्ति की सभी गतिविधियां देख रहा होता है, वह उससे पूछता है कि आप क्या जानना चाहते हैं?

प्रश्नकर्ता व्यक्ति जवाब देता है, "मैं सुनना चाहता हूं कि कोई व्यक्ति यह कहे कि मैं अर्थ लाभ करके अपनी पारिवारिक

जिम्मेदारियों का निर्वहन करता हूं एवं अपना कार्य पूर्ण निष्ठा एवं ईमानदारी से करके अपने देश की सेवा करता हूं।"

आप जिस देश के निवासी हैं। वहां की मिट्टी में आप खेले हैं, पले हैं, बढ़े हैं। वहां की वायु में आप श्वास लेते हैं। वहां के खेतों से उपजा अन्न खाते हैं एवं वहां की दूसरी प्राकृतिक संपदाओं का उपयोग कर आप समृद्ध बनते हैं।

क्या आप अपने देश के इन अहसानों को भुला सकते हैं? कोई भी व्यक्ति अपने निजी जीवन में कुछ भी हो, पर पहले वह किसी देश का निवासी होता है। इसलिए उसमें देश प्रेम की भावना होनी चाहिए। देश प्रेम दिखाने की आवश्यकता नहीं, देश के लिए कुछ करने के लिए यह भी आवश्यक नहीं कि आप कोई बड़ा कार्य ही करें, बात तो बस इतनी सी है कि आप जो भी कार्य कर रहे हैं, क्या उसके प्रति ईमानदार हैं?

कार्य छोटा हो या बड़ा, उसका कोई औचित्य नहीं। हममें से बहुत से लोग सरलता से कह देते हैं कि वे देश के लिए क्या कर सकते हैं? उनके हाथ में तो कुछ है ही नहीं। यह धारणा सत्य नहीं है। एक छोटे-से-छोटा व्यक्ति भी देश की प्रगति में हाथ बंटा सकता है, यदि वह अपने छोटे कार्य को भी पूरी लगन एवं ईमानदारी से करता है।

यदि कोई विद्यार्थी मन लगाकर अपनी पढ़ाई करता है, तो जान लीजिए कि वह अपने कार्य के साथ-साथ देश के लिए भी कुछ कर रहा है।

यदि कोई अफसर अपने कार्य को ईमानदारी से पूर्ण करता है, तो वह भी देशभक्त है।

इसी प्रकार कार्य कोई भी हो, यदि आपको अपनी जिम्मेदारियों का अहसास है, तो इससे बड़ी कोई बात नहीं है, आप निःसंदेह एक सच्चे देशभक्त हैं।

कार्य करने की भावना को राष्ट्र से जोड़कर देखिए। आप खुद अनुभव करेंगे कि उसी कार्य को दूने उत्साह से कर सकते हैं और तब तो आप प्रतिदिन और भी ऊंची सीढ़ियां चढ़ते जाएंगे, कामयाबी के नए-नए मुकाम हासिल कर सकेंगे। बहुत अफसोस की बात है कि कुछ लोग शिक्षित होते हुए भी ऐसे कार्य कर जाते हैं, जिनकी उम्मीद उनसे नहीं की जा सकती। बहुत से लोग धन को बहुत महत्व देते हैं। मानते हैं कि जीवन के लिए धन आवश्यक वस्तु है, लेकिन सब कुछ नहीं। आज यदि किसी व्यक्ति ने अत्यधिक धन अर्जित कर लिया है एवं अपने आचरण से देश व समाज को कुछ नहीं दे सकता, तो वह सफल नहीं है। रहने एवं खाने की व्यवस्था तो प्रकृति में उपस्थित लगभग सभी जीव कर

लेते हैं। यदि हम भी केवल अपने स्वार्थ एवं लालच तक सिमटकर रह जाते हैं, तो उनमें और हममें अंतर ही क्या रह जाता है? आप स्वार्थी बनिए, पर उस स्तर पर कभी नहीं, जबकि आपके स्वार्थ के पूर्ण होने से किसी दूसरे की हानि होती हो। आप इस बात का लालच भी कीजिए कि आज आपके पास एक वस्तु है, तो कल इससे भी अच्छी एवं मूल्यवान वस्तु हो। पर आप लालच उसी वस्तु का कीजिए, जिसके आप अधिकारी हों। या तो आप उस वस्तु को पाने के लिए कठोर परिश्रम कीजिए या उसकी अभिलाषा ही मन से निकाल दीजिए। गलत मार्ग पर चलकर किसी वस्तु को हासिल कर लेना आपकी सफलता नहीं, आपके सद्गुणों, अहम एवं पुरुषत्व का ह्रास है। याद रखिए, जो व्यक्ति अपने परिश्रम से किसी ऊंचाई पर पहुंचता है, तो उसे धन, शोहरत के साथ-साथ आत्मसंतुष्टि का मूल्यवान धन प्राप्त होता है एवं जो व्यक्ति गलत तरह से कुछ हासिल करता है, तो उसे केवल धन प्राप्त होता है। ऐसा व्यक्ति देश एवं समाज के लिए हानिकारक भी है। जब तक सफलता आपके अपने लिए है, तब तक वो आपकी सफलता नहीं है, केवल स्वार्थ है। आप अपनी कामयाबी को अपने समाज से, अपने देश से जोड़िए एवं दूसरों के लिए उदाहरण बन जाइए, तभी तो लोग आपसे कुछ सीखेंगे एवं प्रेरणा लेकर अपनी सफलता के मार्ग की तलाश करेंगे।

कभी-कभी बहुत दुख होता है, जबकि कुछ लोग कह देते हैं कि हमारे देश में तो भ्रष्टाचार बहुत है। ऐसा कहने से पहले वे विचार नहीं करते कि क्या उस भ्रष्टाचार के दोषी वे नहीं हैं? विश्व के अधिकांश देशों में लोकतंत्र है। लोकतंत्र में देश की किसी भी स्थिति के लिए जनता भी बराबर की भागीदार होती है। चलिए मान लिया कि आपके देश में भ्रष्टाचार है, पर क्या आपमें उससे लड़ने का साहस नहीं है? आपमें से कई लोग कह देते हैं कि देश के समर्थ तंत्र में ही बहुत भ्रष्टाचार है, पर यह विचार नहीं करते कि वो समर्थ तंत्र देश नहीं, देश की एक महत्वपूर्ण कड़ी है और वे जो उस समर्थ तंत्र को चलाते हैं, उन्हें आपने ही चुनकर वहां तक पहुंचाया है। जो व्यक्ति अपने ही राष्ट्र को लेकर इस तरह के विचार रखेगा, वह क्यों और कैसे राष्ट्र प्रेम की भावना से ओतप्रोत होगा। यदि ऐसा व्यक्ति धनोपार्जन कर भी लेता है, तो वह उसकी सफलता नहीं, स्वार्थ है। वह अपने राष्ट्र के प्रति जिम्मेदारियों का निर्वहन ठीक प्रकार से नहीं कर रहा है। आगे जाकर भी वह अपनी ही तरह के लोगों का निर्माण करेगा। ऐसा व्यक्ति स्वयं तो धनोपार्जन कर सकता है, लेकिन उसकी सफलता का उसके

देश के लिए कोई मूल्य नहीं। श्री रामनरेश त्रिपाठी ने अपनी 'स्वप्न' नाम की रचना में लिखा है :

देश प्रेम वह पुण्य क्षेत्र है, अमल असीम त्याग से विलसित।
आत्मा के विकास से जिसमें, मनुष्यता होती है विकसित।।

आप सभी अपने जीवन में सफलता के उच्चतम शिखर पर पहुंचिए, पर ध्यान रखिए कि कहीं ऐसा न हो कि आपकी सफलता महज आपके लिए रह जाए। आप ऐसी कामयाबी का चयन कीजिए, जो स्थायी हो। आप ऐसी कीर्ति की इच्छा कीजिए, जो स्थायी हो। वही आपकी सच्ची सफलता होगी। मित्रो! चरित्र निर्माण एवं राष्ट्र प्रेम एक आवश्यक वस्तु है, यह साधना की वस्तु है। जब आप देखेंगे कि आपसे लोगों को प्रेरणा भी मिलती है, तब आपको आंतरिक प्रसन्नता का अनुभव होगा एवं आपकी वह प्रसन्नता संसार की किसी भी सफलता से प्राप्त प्रसन्नता से कहीं अधिक प्रभावी होगी। जिस दिन आपने अपने कार्य को राष्ट्र भावना से जोड़ लिया, उसी दिन से आप सफलता के एक ऐसे मुकाम पर चढ़ते जाएंगे कि आपकी कामयाबी एवं कीर्ति किसी के मिटाए न मिटेगी। फैसला आपके हाथों में है, आप कौन-सी कामयाबी के इच्छुक हैं। स्थायी या अस्थायी।

हिंदी साहित्य के एक महान साहित्यकार ने लिखा है :

जो भरा नहीं है भावों से, बहती जिसमें रसधार नहीं।
हृदय नहीं वह पत्थर है, जिसमें स्वदेश का प्यार नहीं।।

व्यक्तित्व का विकास

एक लड़का था। वह बहुत ही कुशाग्र बुद्धि का था। सभी लोग कहते थे कि वह एक दिन कुछ बनेगा, पर उसमें एक बहुत बड़ा दोष था। वह दूसरों के सामने झिझक अनुभव करता, ठीक से बोल भी न पाता। एक बार उसने एक प्रतिष्ठित प्रतियोगिता परीक्षा की लिखित में कामयाबी प्राप्त की। इंटरव्यू के लिए जाते समय वह मन-ही-मन भयभीत था कि किस प्रकार इंटरव्यू का सामना करेगा। वहां पहुंचते ही उसके हाथ-पैर फूल गए। वह एक भी प्रश्न का जवाब ठीक से न दे पाया, जबकि वह अपने प्रश्नों का जवाब जानता था। फिर भी उसकी आवाज में लड़खड़ाहट स्पष्ट महसूस होती। अंततः उसे असफल घोषित कर दिया गया।

> **आपका व्यक्तित्व जितना अधिक प्रभावशाली है, सफलता उतनी ही अधिक आपके नजदीक है।**
>
> **—एक कथन**

लड़का परेशान हो उठा। वह एक मनोवैज्ञानिक के पास गया और उसने पूछा, "मैं दूसरों के सामने प्रश्नों का जवाब जानते हुए भी ठीक से क्यों नहीं बोल पाता हूं, मैं नर्वस क्यों हो जाता हूं?"

मनोवैज्ञानिक ने उसकी समस्याओं को ध्यान से सुना। अंततः उसने लड़के से कहा, "तुम्हारे अंदर आत्मविश्वास का अभाव है।"

"मैं अपनी इस कमी को कैसे दूर करूं?"—लड़के ने पूछा।

"तुम स्वयं पर पूर्ण विश्वास रखो, दूसरों से मिलो, उनके विचार जानो और अपनी बात कहो। जो तुम जानते हो, उसे बिना किसी संकोच के लोगों के सामने रखो, उस पर दृढ़ रहो। स्वयं से प्रश्न करो कि तुम नर्वस क्यों होते हो? जबकि तुम्हारे अंदर योग्यता है—उन कारणों को दूर करो। व्यक्तिगत स्तर पर तुम कितने भी बुद्धिमान

हो सकते हो, पर सामाजिक स्तर पर तुम्हारा बुद्धिमान होना ही पर्याप्त नहीं, तुम्हारे उठने का, बैठने का, चलने का और बात करने के तरीके का भी उतना ही महत्व है एवं यह सब प्राप्त करने के लिए तुम्हारा आत्मविश्वासी होना अत्यंत आवश्यक है।"

लड़का मनोवैज्ञानिक की बात ध्यान से सुनता रहा। उसने एक बार पुनः इस प्रतिष्ठित परीक्षा की तैयारी की, पर इस बार उसने स्वयं को बदल डाला था, उसे किसी के सामने झिझक न थी। इस बार उसे अपने उद्देश्य में सफलता मिली।

आत्मविश्वास की शक्ति आपके व्यक्तित्व के निर्माण में सहायक है। बहुत से लोग होते हैं, जो बुद्धिमान होते हुए भी दूसरों के सामने अपना प्रभाव छोड़ने में असफल रहते हैं। क्योंकि उनमें बौद्धिक क्षमताएं तो हैं, लेकिन उनके व्यक्तित्व का निर्माण अभी अधूरा है। अंग्रेजी में एक कहावत है—First Impression is the Last Impression. आपका पहला प्रभाव ही अंतिम प्रभाव है। प्रथम प्रभाव के अच्छा होने के लिए व्यक्तित्व का विकसित होना आवश्यक है। आपने बहुत से लोगों को देखा होगा, जो सीमित समय में ही दूसरों का मन मोह लेते हैं। यह एक बड़ी कला है एवं इसे विकसित करने वाला सभी जगह लोगों के सम्मान का पात्र बनता है। इसलिए आप दूसरे क्षेत्रों में प्रगति के साथ-साथ अपने व्यक्तित्व पर पूर्ण ध्यान दीजिए। यह आवश्यक है, क्योंकि यदि आप प्रभावशाली व्यक्तित्व के स्वामी है, तभी आप दूसरों पर अपना प्रभाव छोड़ने में सफल हो सकेंगे।

> **चमत्कारिक व्यक्तित्व का सबसे बड़ा लाभ है कि व्यक्ति कोई भी कार्य बढ़े हुए मनोबल से प्रारंभ करता है।**
> ***—एक कथन***

उतना बोलिए, जितना आवश्यक है

आवश्यकता से अधिक एवं निरुद्देश्य बोलना आपके व्यक्तित्व का नकारात्मक पहलू है। आप जितना भी बोलिए, सोच-विचारकर बोलिए एवं अपने शब्दों को प्रभावशाली ढंग से प्रस्तुत कीजिए। अधिक एवं निरुद्देश्य बोलने वाले व्यक्ति को कोई पसंद नहीं करता। किसी भी विषय पर बोलने से पहले यह सुनिश्चित कर लेना चाहिए कि क्या उस विषय पर आपको पर्याप्त ज्ञान है? यदि आप ऐसा नहीं करते हैं, तो दूसरों के लिए उपहास की वस्तु बन जाते हैं। कहा गया है कि सीमित ज्ञान हमेशा खतरनाक होता है। आपको अपने विचारों को तार्किक

ढंग से प्रस्तुत करने की कला का ज्ञान होना चाहिए।

ऐसी बातों पर बहस कभी मत कीजिए, जिससे कोई लाभ न होता हो। यह केवल समय एवं अपनी शक्तियों की बर्बादी है।

मैं ऐसे लोगों से मिला, जिनसे वाद-विवाद करने के बावजूद भी मूल प्रश्न हल न हो सका और इस निष्कर्ष पर पहुंचा कि ऐसे लोगों से वाद-विवाद करने से सदैव बचना चाहिए। प्रश्न यह नहीं है कि गलत आप हैं या वो। प्रश्न तो यह है कि जब आपके तर्कों को वह मानने को तैयार नहीं हैं एवं आप भी उनके तर्कों को न मानते हुए, उन पर बिना विचार किए कटाक्ष करते हैं और बात पर दृढ़ हैं, तो फिर ऐसे वाद-विवाद का कोई अर्थ नहीं।

एक बार मैं काफी उत्साहजनक स्थिति में अपने कार्यों को पूरा करने बैठा था। अचानक एक सज्जन से एक मुद्दे पर मेरा वाद-विवाद होने लगा। मैंने अपनी तरफ से पूर्ण प्रयास किया कि मैं अपनी बात उन्हें समझा पाऊं, पर ऐसा नहीं हो सका। वहीं दूसरी तरफ उन्होंने भी अपने तर्क प्रस्तुत किए, पर मैं अपनी बात पर दृढ़ था। तीन घंटे बीत गए, लेकिन कोई परिणाम हासिल न हो सका। अंततः जब हम दोनों शांत हुए, तो मैंने अनुभव किया कि मेरा सारा उत्साह नष्ट हो चुका है। कई दिन तक मैं कोई कार्य नहीं कर सका, क्योंकि जो ऊर्जा मुझे अपने कार्य में प्रयुक्त करनी थी, मैं उसे व्यर्थ के वाद-विवाद में गंवा चुका था। मैं सोचता रहा कि बहस से मूल प्रश्न का यदि कोई अंतिम परिणाम हासिल भी हो जाता, तब भी हममें से किसी को कोई लाभ नहीं होने वाला था। फिर ऐसे वाद-विवाद का क्या औचित्य था? उसी दिन से मैंने अपनी इस नुकसानदायक आदत को पूर्णतया बदल डाला।

किसी से औचित्यहीन बहस करते हुए अकसर आप कठोर शब्द कह जाते हैं, जिन पर बाद में आपको स्वयं ही पश्चाताप होता है। तब तो स्थिति और भी विचारणीय हो जाती है। औचित्यहीन वाद-विवाद प्रायः हानिप्रद होता है। हां, स्वस्थ वाद-विवाद से आपके ज्ञान में वृद्धि होती है, बौद्धिक स्तर बढ़ता जाता है। जिन व्यक्तियों से आप वाद-विवाद करते हैं, वे प्रमुखतया दो वर्गों से संबंध रखते हैं।

एक वर्ग उन लोगों का होता है, जो आपके विचारों को ध्यान से सुनते हैं एवं अपने विचारों को तार्किकतापूर्ण ढंग से प्रस्तुत करते हैं। ऐसे लोगों से बहस करने से आपको लाभ उस स्थिति में होता है, जबकि आप भी उनकी बातों को ध्यान से सुनें। याद रखिए, यह आवश्यक नहीं होता कि सदैव आप ही सही

हैं। इसलिए यदि आपके विचार गलत हैं, तो उसे स्वीकारिए। इस प्रक्रिया को विचारों का आदान-प्रदान करना कहते हैं।

दूसरा वर्ग उन लोगों का होता है, जो अपनी गलत बातों पर भी दृढ़ होकर अविवेकपूर्ण तर्क देते हैं। ऐसे लोगों से आपको सदैव बचना चाहिए। एक बार विचार करके देखिए, कहीं ऐसा तो नहीं कि आप भी इन दूसरे वर्ग से संबंध रखते हैं। यदि ऐसा है, तो इसी पल अपनी इस आदत से छुटकारा पाने का प्रण ले लीजिए।

तीसरा एवं महत्वपूर्ण तथ्य यह है कि आप जिस विषय पर वाद-विवाद कर रहे हैं, क्या यह उचित है? क्या आपको उससे कोई लाभ होने जा रहा है?

आइए एक बार पुनः सभी तथ्यों पर गौर करें :

- आवश्यकता से अधिक एवं निरुद्देश्य बोलने से आपका व्यक्तित्व कमजोर होता जाता है।
- कोई भी वाद-विवाद सही विषय पर करने की आदत डालें।
- वाद-विवाद करने वाले व्यक्ति को परखें। क्या वह स्वस्थ बहस में विश्वास करता है? क्या आप खुद अपने गलत विचारों को बदलने को तैयार हैं? एक महापुरुष का कहना है कि मूर्ख एवं मृतक अपने विचार कभी नहीं बदलते।
- ऐसे सभी व्यक्तियों से बचिए, जो व्यर्थ में बहस करने के आदी हैं।

ध्यान रखिए, कभी-कभी ऐसा भी घटित होता है, जबकि आप बिल्कुल सही होते हैं, ऐसी स्थिति में यदि कोई व्यक्ति आपको बात मानने को तैयार नहीं है, तो आप शांत हो जाइए, क्योंकि ऐसे व्यक्ति से बहस करके आपको कोई लाभ नहीं होगा।

मनोविकारों से बचिए

घृणा, ईर्ष्या, द्वेष आदि ये मानव के ऐसे मनोविकार हैं, जो केवल उसकी प्रगति में ही बाधक नहीं हैं, बल्कि उसके व्यक्तित्व के विकास का मार्ग भी अवरुद्ध कर देते हैं। ऐसा व्यक्ति हमेशा दूसरों को हानि पहुंचाने को विचाररत रहता है और परिणामस्वरूप अनजाने में वह स्वयं को ही नुकसान पहुंचाता रहता है। वह सभी का अप्रिय हो जाता है एवं प्रत्यक्ष या अप्रत्यक्ष रूप से दूसरों की उपेक्षा का शिकार बनता है।

मैं एक ऐसे व्यक्ति को जानता हूं, जिसे दूसरों की निंदा करने में अत्यधिक प्रसन्नता का अनुभव होता था। उससे दूसरों की सफलता

देखी नहीं जाती थी। वह सदैव सफल लोगों की कमियां तलाशता रहता। उसे जो भी व्यक्ति मिलता, तो वह किसी-न-किसी की निंदा करना प्रारंभ कर देता। धीरे-धीरे लोगों ने उसकी बातों में रुचि लेना बंद कर दिया। एक दिन स्थिति यहां तक आ पहुंची कि सभी उससे बात करने से बचने लगे।

मनोविकार वस्तुतः ऐसे अवगुण होते हैं, जो व्यक्तित्व को निखरने नहीं देते। आप सभी से प्रेम से मिलिए, उनकी सफलता पर प्रसन्नता का अनुभव कीजिए, किसी से घृणा मत कीजिए। ऐसी स्थिति में दूसरे लोग आपको पसंद करेंगे। आपसे बात करना चाहेंगे, आपके प्रति एक चुंबकीय आकर्षण का अनुभव करेंगे। आप दूसरों की प्रशंसा के अधिकारी भी बनेंगे। यही तो आपके व्यक्तित्व का उचित विकास है।

मित्रो! इस संसार में सफल होने के लिए इन्हीं छोटी-छोटी बातों का सदैव ध्यान रखना चाहिए।

कुछ लाभदायक तथ्य

- आपका आत्मबल आपके व्यक्तित्व का एक महत्वपूर्ण पहलू है। इसे सदैव ऊंचा रखिए, इसके लिए मनोविकारों से बचने के साथ-साथ आप न्यायप्रिय, ईमानदार एवं साहसी बनिए।
- दुखों का साहस से सामना कीजिए। ऐसा करने से आपकी आत्मा पत्थर से भी कठोर एवं मजबूत हो जाती है।
- अच्छे वक्ता के साथ-साथ अच्छे श्रोता भी बनिए।
- आप अपने सामान्य क्रिया-कलापों को प्रभावशाली बनाइए, जिससे कि आप दूसरों के हृदय पर राज कर सकें।
- किसी भी प्रकार का भय मन में मत रखिए।
- अपने विचारों का प्रस्तुतिकरण तार्किक ढंग से एवं पूरे आत्मविश्वास से कीजिए।

स्वाभिमान सबसे बड़ी पूंजी

संसार में तरह-तरह के लोग हैं, उनकी रुचियां भी विविधतापूर्ण हैं। किसी एक व्यक्ति को एक कार्य औचित्यहीन लगता है, वही कार्य किसी दूसरे व्यक्ति को आत्मिक संतुष्टि प्रदान करता है। कोई अच्छा खाना खाने का शौकीन होता है,

किसी को अच्छे कपड़े पहनने में रुचि है। कोई आधुनिकता से परिपूर्ण जीवन व्यतीत करना चाहता है, तो कोई सादा जीवन बिताने में विश्वास करता है।

दो मित्र थे। दोनों साथ-साथ पढ़े। पहला तो एक कार्यालय में साधारण क्लर्क बन गया, जबकि दूसरा एक बड़ा अधिकारी। कुछ वर्षों बाद अधिकारी मित्र, क्लर्क मित्र के घर आया। उसने क्लर्क मित्र के छोटे-से घर एवं उसके सादगी से युक्त जीवन को देखकर कहा, "मित्र आज मैं तुम्हारी सारी परेशानियों को हल करने आया हूं। तुम मेरे एक मित्र का एक छोटा-सा कार्य कर दो, मैं तुम्हें पचास हजार रुपए दूंगा।"

क्लर्क मित्र ने कहा, "जिस कार्य के बारे में तुम बात कर रहे हो, वह गैरकानूनी है। मेरी ईमानदारी एवं निष्ठा ही मेरा सबसे अमूल्य धन है। तुम धन के बदले में उसका हरण करने आए हो, ऐसा किसी भी स्थिति में संभव नहीं है, मैं तुम्हारी यह भेंट स्वीकार नहीं कर सकता। यदि तुम्हारे मित्र का यह कार्य कानूनी होता, तो मैं इसे कब का कर चुका होता। ऐसा करने के लिए मुझे तुम्हारी किसी भेंट की आवश्यकता नहीं होती। मैं विकट-से-विकट परिस्थितियों में भी अपने सिद्धांतों से समझौता नहीं कर सकता।" क्लर्क मित्र के मुख से ऐसे शब्दों को सुनकर अधिकारी मित्र चुपचाप मुंह लटकाकर वापस चला गया।

संसार के सभी व्यक्तियों के लिए सफलता के अर्थ अलग-अलग होते हैं। कोई बहुत धनवान बनना चाहता है, कोई प्रसिद्धि की इच्छा रखता है। आप जैसे भी बनना चाहते हैं, उसी दिशा में प्रयासरत रहिए, दुनिया आपको कुछ भी कहती रहे, लेकिन आप अपना संघर्ष जारी रखिए। क्योंकि यह बिल्कुल जरूरी नहीं कि सभी की रुचियां एक जैसी हों। ठीक है, कोई व्यक्ति अपनी रुचि को अच्छा कहता है, लेकिन दूसरे की रुचि को गलत कहने का उसे कोई अधिकार नहीं है। हां, आपको ध्यान रखना है कि आपका उद्देश्य और उसे पाने के साधन दोनों ही पवित्र हों। आप धन कमाना चाहते हैं, जरूर कमाइए, मगर गलत तरीके से नहीं। ऐसी स्थिति में आप भले ही धनवान बन जाएं, लेकिन सही अर्थों में यह आपके चरित्र का हनन होगा। आप अपने अहम का विकास कीजिए, अपनी इच्छाओं को सम्मान देते हुए उन्हें पूर्ति करने का प्रयास कीजिए, लेकिन गलत तरीके से नहीं।

दूसरी बात, यदि आप बड़े लक्ष्य की इच्छा करते हैं, लेकिन उसे न प्राप्त करने की स्थिति में तत्कालीन स्थिति से संतुष्ट होकर प्रयास करना बंद कर देते हैं, तो आप अपने साथ अन्याय करते हैं। आप स्वयं को जिस रूप में सफल देखना चाहते हैं, उस रूप में सफल होकर रहिए, चाहे इसके लिए आपको कितना भी परिश्रम करना पड़े। जिस दिन आपने अपने उद्देश्य में कामयाबी पा ली, उस दिन आप अनुभव करेंगे कि आपसे अधिक प्रसन्न इस संसार में कोई भी नहीं है। यदि एक पंक्ति में कहा जाए, तो आपकी आत्मसंतुष्टि ही आपकी सबसे बड़ी सफलता है।

स्वास्थ्य और सफलता का योग

स्वस्थ शरीर असीमित शक्तियों का भंडार है। व्यक्ति का स्वास्थ्य ही उसका सबसे बड़ा धन है। इस अमूल्य धन का उपयोग करके आप कामयाबी के द्वार खोलने में सफल हो जाते हैं। यदि यह सच है कि स्वस्थ शरीर में स्वस्थ मन निवास करता है, तो यह भी सच है कि स्वस्थ मन से कार्य करने के लिए स्वस्थ शरीर होना आवश्यक है। अपने जीवन में सफलता के दर्शन करने के लिए आपको अपने स्वास्थ्य पर उचित ध्यान देना चाहिए। यह आपकी सबसे बड़ी संपत्ति है।

बहुत से लोगों को आपने देखा होगा, जो स्वस्थ हैं, प्रसन्न हैं, चिंतामुक्त हैं, पर निर्धन हैं। आप उनसे पूछकर देखिए कि क्या उन्हें कोई दुख है?

ऐसे लोग, धनवान बीमार से कहीं अधिक सफल हैं। यदि आपसे कोई कहता है कि तुम्हारे एक हाथ के बदले में मैं तुम्हें अमुक धन दे सकता हूं, तो आप कभी उसकी बात से सहमत नहीं होंगे।

मित्रो! यदि आप स्वस्थ शरीर के मालिक हैं, तो आप धन तो क्या, परिश्रम के बल पर संसार के सभी सुख अपने कदनों पर ला सकते हैं। आपका यह शरीर एक मशीन की भांति है, जिसका एक-एक पुर्जा, एक-एक अवयव अपना कार्य करता है। शरीर के सभी अंगों के कार्य निर्धारित हैं। आपका कोई एक अंग भी कार्य करना बंद कर दे या उसे कोई नुकसान हो, तो आप बेचैन हो उठते हैं। यहां तक कि कोई चींटी भी यदि काट ले, तब भी आपको कष्ट होता है। आंख में यदि कुछ पड़ जाए, तो आप आंख मसल-मसल कर लाल कर लेते हैं। ये सब आपके शरीर रूपी मशीन के अवयव हैं। ये सभी तभी ठीक से कार्य करते हैं, जबकि आपकी मशीन अच्छी हालत में है। जहां स्वस्थ शरीर के अनेक लाभ हैं, वहीं अस्वस्थ शरीर की अनेक हानियां

> **स्वस्थ शरीर में स्वस्थ मन निवास करता है।**
>
> —*अरस्तू*

हैं। याद रखिए, धन से दुनिया की सारी भौतिक सुविधाएं तो प्राप्य हैं, लेकिन धन से सुख एवं सच्ची प्रसन्नता नहीं खरीदी जा सकती। आप धन से पुस्तकें खरीद सकते हैं, लेकिन ज्ञान नहीं। धन से भोजन खरीदा जा सकता है, पर भूख नहीं। धन से आप भीड़ इकट्ठी कर सकते हैं। मित्र नहीं।

जब प्रश्न मानव के आत्मिक सुकून एवं शांति का हो, तो यही धन बहुत छोटा लगने लगता है। मैंने बहुत से धनवान लोगों को देखा है, जो शारीरिक अक्षमताओं के चलते परेशान रहते हैं। कोई डायबिटीज के चलते मीठी वस्तु नहीं खा सकता, कोई मोटापे की वजह से ठीक से चल भी नहीं पाता। यहां तक कि कुछ लोगों को तो ढंग से नींद भी नहीं आती।

स्वस्थ व्यक्ति के साथ जो सबसे मजबूत पक्ष होता है, वह यह है कि व्यक्ति सदैव आत्मविश्वास से भरा रहता है। वह जल्दी बीमार नहीं पड़ता एवं यदि पड़ता भी है, तो अधिक समय के लिए नहीं, क्योंकि उसके शरीर की प्रतिरोधक क्षमता बहुत अधिक होती है। इसलिए यह बहुत आवश्यक हो जाता है कि आप अपने स्वास्थ्य पर पर्याप्त ध्यान दें। आपका अच्छा स्वास्थ्य आपकी सफलता के लिए औषधि की तरह कार्य करेगा। अस्वस्थ शरीर से व्यक्ति किसी भी कार्य को पूरे मन से नहीं कर पाता। ऐसे लोग यदि कार्य करते भी हैं, तो उसके परिणाम से अपेक्षित लाभ नहीं ले पाते।

> **आपका अच्छा स्वास्थ्य उसके बारे में विचार करने से नहीं, एक स्वाभाविक एवं व्यवस्थित जीवन शैली का परिणाम है।**
> ***–जेम्स ब्लैक***

एक विद्यालय में एक छोटा बच्चा पढ़ता था। बच्चा शरीर से बहुत कमजोर था। वह अपना पाठ याद करने के लिए बहुत परिश्रम करता, लेकिन फिर भी वह ठीक से याद नहीं कर पाता था। वह दिन-पर-दिन कमजोर भी होता जाता था। एक दिन अध्यापक ने क्लास में मौखिक टेस्ट लिया। वह बच्चा अध्यापक के प्रश्नों का जवाब न दे सका। अध्यापक ने उसे डांटा। अध्यापक की डांट सुनकर बच्चा बेहोश हो गया। पहले तो अध्यापक घबरा गया, पर बाद में बच्चे को होश में लाने के बाद उसके पिता को अध्यापक ने स्कूल में बुलाया और कहा, "आप अपने बेटे को कुछ बनाना चाहते हैं, तो उसे इस काबिल भी बनाइए। आप उसे स्कूल तो रोज भेजते हैं, लेकिन कभी यह भी देखा है कि इसका स्वास्थ्य कैसा है और यह दिन पर दिन कमजोर होता जा रहा है।

अध्यापक की बात सुनकर बच्चे के पिता का सिर शर्म से झुक गया।

याद रखिए, आपका अच्छा स्वास्थ्य ही आपकी अमूल्य धरोहर है। इसकी रक्षा कीजिए। अपने शरीर के अंगों को बलवान बनाइए। यही आपकी सबसे बड़ी पूंजी है। आपके शरीर के एक-एक अंग की तुलना करोड़ों रुपए से भी नहीं की जा सकती। यदि आपके पास साधनों का अभाव भी है, तब भी एक स्वस्थ शरीर तो है आपके पास। यदि स्वस्थ शरीर है, तो आत्मविश्वास भी है। यदि आत्मविश्वास है, तो संसार का ऐसा कौन-सा लक्ष्य है, जिसे आप नहीं पा सकते।

प्रसन्नचित्त एवं चिंतामुक्त रहें

- *जब भी संभव हो हंसो। यह एक सस्ती औषधि है। खुशी ऐसा दर्शन शास्त्र है, जिसे अच्छी तरह समझा नहीं गया है। यह मनुष्य के जीवन का उज्ज्वल पक्ष है।*

–बायरन

- *जब जीवन के कगारों की हरियाली सूख गई हो, पक्षियों का कलरव मौन हो, सूर्य के मुख पर ग्रहण की छाया गहरी होती जा रही हो, परखे हुए मित्र और आत्मीय जन कांटों की राह पर मुझे अकेला छोड़कर चल दिए हों और आकाश का सारा गुस्सा मेरे भाग्य पर बरसने वाला हो, तो हे प्रभु! मुझ पर इतनी कृपा करना कि मेरे अधरों से हंसी की उजली-सी लकीर न छिने।*

–योननागोची

हंसना और हंसाना, सदैव प्रसन्न रहना आपके शरीर के लिए एक ऐसी औषधि है, जो आपका स्वास्थ्य उत्तम बनाए रखने में सक्षम है। कहते हैं कि चिंता चिता से बढ़कर है। इसमें कहीं भी अतिशयोक्ति नहीं है। क्योंकि किसी भी समस्या को लेकर चिंतित होना उसका हल नहीं, बल्कि अपनी समस्याओं को बढ़ाना है। यदि आप किसी भी स्थिति में प्रसन्न रहना जानते हैं, हंसने की कला का महत्व जानते हैं, तो आपसे अधिक खुशहाल कोई नहीं है। आपका स्वास्थ्य उत्तम बना रहता है। आपके चेहरे पर एक ताजगी बनी रहती है। डॉक्टर्स ने यह सिद्ध कर दिया है कि प्रसन्न रहने वाले व्यक्तियों को बीमारी आसानी से गिरफ्त में नहीं ले पाती, जबकि निराश रहने वाले लोग अकसर बीमारियों से घिरे रहते हैं। आपने अनुभव किया होगा कि प्रसन्नता की स्थिति में आपके

शरीर की भाषा ही बदल जाती है, आपका रोम-रोम खिल उठता है। प्रसन्न व्यक्ति चिंताओं से मुक्त रहता है और इसलिए अच्छे स्वास्थ्य का अधिकारी बनता है। वैज्ञानिकों ने यह सिद्ध कर दिया है कि अच्छे स्वास्थ्य के लिए हंसना सबसे मूल्यवान औषधि है। जब हंसिए दिल खोलकर हंसिए, हमेशा प्रसन्न रहिए, फिर देखिए कि किस तरह आपका स्वास्थ्य अद्‌भुत बना रहता है और आप कामयाबी के मार्ग पर गतिमान होते जाते हैं।

आप में से अकसर कुछ लोग अपनी उलझनों को लेकर गलत दिशा में विचार करते हुए चिंता में जकड़ जाते हैं। विचार कीजिए, क्या आपके चिंतित होने से आपकी उलझन दूर हो जाएगी? आपकी उलझन तो तब दूर होगी, जबकि आप शांत मन से विवेक का परिचय देते हुए उसके हल पर विचार करेंगे। व्यर्थ की चिंता करने का कोई औचित्य नहीं। आप एक बात भली प्रकार सोच लें कि आपको हंसना है। ये आपके अच्छे स्वास्थ्य के लिए एक वरदान साबित होगा। यह अधिक कठिन नहीं है, आप सभी यह कर सकते हैं, पर प्रश्न है कि आप इस सस्ते एवं प्रभावशाली नुसखे का उपयोग किस प्रकार करते हैं?

तो आज ही संकल्प लीजिए कि हम हमेशा मुस्कराएंगे। कठिन परिस्थितियों में भी यथासंभव खुश रहेंगे। हम हंसेंगे और दूसरों को हंसाएंगे। इससे आपकी परेशानियों का प्रभाव तो कम नहीं पड़ेगा, बल्कि आपका स्वास्थ्य रूपी अमूल्य धन आपके सहयोग से दिन-पर-दिन बढ़ता ही जाएगा।

दो जुड़वां भाई थे। उनके कद-काठी एवं सूरत में बिल्कुल भी अंतर न था, पर उनका स्वभाव अलग-अलग था। एक बार उनमें से एक बीमार पड़ गया। कई डॉक्टर्स को दिखाने के बाद भी कोई लाभ नहीं हो पा रहा था। अंततः एक डॉक्टर ने उसके दूसरे जुड़वां भाई से बीमार जुड़वां भाई की दिनचर्या एवं स्वभाव पर चर्चा की। उसने डॉक्टर को बताया कि उसका भाई अकसर निराश एवं उदास रहता है। उसकी दिनचर्या भी व्यवस्थित नहीं है।

डॉक्टर ने अंततः कहा, "तुम बीमार ही नहीं हो, तो ठीक कैसे हो सकते हो? बीमार तो तुम्हारा मन है, जो हंसना नहीं जानता, जिसे प्रसन्न रहना नहीं आता। जिस दिन तुमने अपने भाई की तरह ये दोनों कार्य सीख लिए, तुम्हारी बीमारी उसी दिन से हमेशा के लिए तुम्हें छोड़कर चली जाएगी। बीमार जुड़वां ने ठीक ऐसा ही किया। अब वह खूब हंसा और शीघ्र ही वह बीमारी से मुक्ति पा गया।

अच्छे स्वास्थ्य के रहस्य बहुत गंभीर नहीं हैं। आप भी इसे पा सकते हैं, शर्त यही है कि :

- आपकी दिनचर्या व्यवस्थित होनी चाहिए।
- विकट परिस्थितियों में मानसिक तनाव की बजाय समस्या के हल पर विचार करें।
- हंसिए और हंसाइए।
- संपूर्ण और संतुलित आहार पर जोर दीजिए।
- घृणा, ईर्ष्या, द्वेष, अभिमान जैसी बुरी भावनाओं से बचें।
- थोड़ा-सा समय हलके व्यायाम के लिए अवश्य निकालिए। आप योग का सहारा भी ले सकते हैं।
- अनावश्यक गुस्सा मत कीजिए। आत्मनियंत्रण रखिए।
- हृदय में पवित्र विचारों को संजोकर रखिए।

●●●

आत्म-विकास पर श्रेष्ठ पुस्तकें

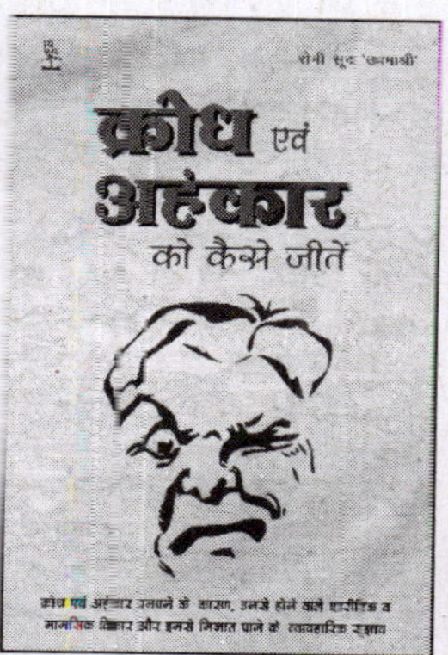

डाकखर्चः 25/- रुपए पुस्तक अतिरिक्त